BASTEI
LÜBBE
TASCHENBUCH

Titel in der Regel auch als E-Book erhältlich

Jasmin Eden

PERSISCHE NÄCHTE

Erotischer Roman

BASTEI LÜBBE
TASCHENBUCH

BASTEI LÜBBE TASCHENBUCH
Band 16 724

1. Auflage: März 2013

Dieser Titel ist auch als E-Book erschienen

MIX
Papier aus verantwortungsvollen Quellen
FSC® C006701
FSC
www.fsc.org

Originalausgabe

Dieses Werk wurde vermittelt durch die
Literaturagentur Schmidt & Abrahams
www.schrift-art.net

Titelillustration: © shutterstock/MaxFX
Umschlaggestaltung: Gisela Kullowatz
Satz: Urban SatzKonzept, Düsseldorf
Gesetzt aus der Palatino
Druck und Verarbeitung: CPI – Ebner & Spiegel, Ulm
Printed in Germany
ISBN 978-3-404-16724-1

Sie finden uns im Internet unter
www.luebbe.de
Bitte beachten Sie auch: www.lesejury.de

Der Preis dieses Bandes versteht sich einschließlich
der gesetzlichen Mehrwertsteuer.

Teil 1

»Fürchte die Nacht und küsse das Mondlicht«

Der Nachtgeist

Wind blähte die Vorhänge vor dem offenen Fenster, schob sie zur Seite und kroch in einer kühlen Böe über den Boden, zum Bett. Shahira fröstelte, als der Wind sie erreichte, und zog das weiche Laken höher. Tagsüber hatte die Sonne die Erde rund um das einfache Bauernhaus aufgeheizt, aber die Räume im Innern des Lehmziegelbaus waren davon verschont geblieben. Der nächtliche Wind war daher unangenehm kalt. Die Kälte weckte Shahira, und sie schlug die Augen auf. Das Zimmer war dunkel, bis auf das spärliche Mondlicht, das zwischen den Vorhängen hindurchlugte. Sie rieb sich über die Augen und glitt unter dem Laken hervor. Die kühle Luft im Zimmer kroch als Gänsehaut über Shahiras nackten Körper und formte aus ihren rosigen Brustspitzen harte, feste Nippel.

Eine weitere Böe verschaffte sich Zugang zum Zimmer, und Shahira beeilte sich, zum Fenster zu gehen und die Holzläden zu schließen.

Bevor ihre Finger das Holz des Ladens auch nur berührt hatten, löste sich ein Schatten aus einer Ecke des Zimmers. Er war groß, halb noch mit dem Dunkel hinter dem Vorhang verschmolzen. Nur sein Blick schien trotz des spärlichen Lichts zu brennen. Es war die Silhouette eines Mannes: Sein Oberkörper war nackt – bronzefarbene Haut, auf der sich seltsame Muster wanden. Man mochte sie für ein Schattenspiel des Mondes halten oder eintätowierte Symbole.

Shahira wollte schreien, doch er bewegte sich schnell und packte sie, noch bevor sie einen Ton von sich geben konnte. Sein Griff war fest, und seine Hand legte sich auf ihren Mund. Er drückte sie mit dem Rücken an seine nackte Brust und ignorierte ihr Zappeln. An ihrer bloßen Schulter spürte Shahira weichen Stoff und wurde sich nur allzu deutlich ihrer Nacktheit bewusst. Die Haut auf der ihren war unnatürlich heiß, und sie hätte schwören können, dass die Zeichnungen auf seinem Körper sich deutlich unter ihr bewegten.

Sie wandte den Kopf, so gut es ging, zur Seite und bemerkte, warum sie sein Gesicht nicht hatte vollständig erkennen können: Ein schwarzes Tuch verdeckte seine Nase und seinen Mund und ließ seine Augen umso bedrohlicher leuchten. Er hielt ihren Blick fest und senkte langsam seine Hand. »Versuch zu schreien, und du wirst es bereuen«, warnte er sie. Seine Stimme war rau, ein wenig heiser, und doch glaubte Shahira etwas Vertrautes darin zu erkennen. Doch das war vielleicht nur ihre verängstigte Fantasie.

Sie fuhr sich mit der Zunge über die trockenen Lippen. Zaghaft versuchte sie sich loszumachen, aber sein Griff wurde sofort fester, und er hielt sie umso stärker an sich gepresst. »Halt still«, murmelte er, und Shahira tat es aus Angst vor dem, was er ihr antun könnte. Wer war er und was wollte er? Wie hatte er sich unbeobachtet in ihr Zimmer schleichen können – verfügte er über Zauberkräfte? Eine Gänsehaut breitete sich auf ihrem Körper aus. Die Zeichnungen auf seiner Haut, das lautlose Auftauchen: War ein Djinn zu ihr gekommen? Sie versuchte, nicht zu atmen. »Was … was willst du, Nachtgeist?«, wagte sie zu flüstern. Er schwieg, und für einen Moment glaubte Shahira, dass er ihre Frage einfach ignorieren würde. Doch er hatte sie gehört, und er antwortete, wenn auch nicht mit Worten. Seine große Hand fuhr über ihren nackten Bauch und blieb zwischen ihren Beinen liegen.

Shahira entfuhr ein leiser Schrei. Er wollte sie schänden! Sofort legte sich die Handfläche wieder auf ihren Mund, und er drückte sie so fest an sich, dass sie sich nicht mehr bewegen konnte. Angespannt stand er da, und Shahira konnte nur hoffen, dass irgendjemand sie gehört hatte. Doch das Haus blieb still.

Sie schluchzte tief in der Kehle und versuchte sich zu befreien. In ihrem Rücken spürte sie etwas Heißes, Hartes, das sich gegen ihren Körper rieb. Shahira versuchte davon wegzurücken, aber gegen den Djinn war sie machtlos. Sie hatte Geschichten gehört – von den Nachtgeistern, die nachts in die Zimmer unverheirateter Frauen eindrangen, um sie zu schwängern und damit Wechselbälger zu zeugen. Aber das war nur ein Märchen gewesen, eine dumme Erzählung. Oder sollten die Geschichten wahr sein?

Der Djinn entspannte sich etwas, und Shahira rechnete damit, dass er sie nun einfach auf den Boden zwingen würde. Sie wappnete sich innerlich vor diesem Moment, doch er kam nicht. Der erhitzte Atem des Djinns drang durch das schwarze Tuch vor seinem Mund und fuhr über ihre bloße Schulter. Sein linker Arm lag noch immer um ihren Körper, berührte federleicht ihre Brüste. Die winzigen Härchen auf seinem Arm kitzelten ihre Haut.

Seine linke Hand löste sich von ihrem Mund. »Schrei nicht.« Seine Stimme hatte alles Herrische verloren. Er befahl nicht, er bat. Die Erkenntnis verschlug Shahira die Sprache. Sie atmete tief ein und spürte seine Handfläche ihren Hals hinabgleiten, hin zu ihren weichen Brüsten. Es war ein Schock und gleichzeitig erregend, als sie die hauchzarte Berührung fühlte. Seine Fingerkuppen waren rau, aber nicht wie die Finger der Bauern. Der Djinn schien neugierig zu sein, wie sie reagierte, und zupfte spielerisch an einem der hart gewordenen Nippel. Shahira keuchte leise auf und schloss die Augen. ›Sei wachsam‹, rief eine Stimme in ihr. ›Er will dich ablenken, damit du nicht schreist, wenn er dich schändet.‹ Aber als er auch die zweite Brustwarze umkreiste und sie sanft drückte, brachte Shahira diese Stimme zum Schweigen. Das hier fühlte sich ... richtig an. Es war keine Schändung, es war ein Spiel, dessen Regeln sie noch nicht verstand. Ihr Atem ging stoßweise.

Die Hand des Djinns ließ von ihren Brüsten ab und wanderte über ihren heftig auf- und abgehenden Bauch. Es knisterte leise, als seine Finger auf ihr dunkles Schamhaar trafen und hindurchfuhren. Shahira verkrampfte sich wieder – niemand hatte sie jemals zwischen den Beinen berührt, und die Scham stachelte ihre Angst wieder an.

Der Djinn verharrte, beließ seine Finger jedoch wo sie waren. »Ruhig«, murmelte er in ihr Haar. »Warte ab.«

Shahira zögerte, wehrte sich aber nicht mehr. Seine Finger nahmen ihren Weg wieder auf und fuhren zwischen ihre Beine. Er stellte seinen Fuß zwischen ihre Füße, damit sie ihre Beine ein wenig spreizen musste, und Shahira gab ihm bereitwillig nach, was sie selbst überraschte. Mit rauen Fingerkuppen streichelte er die weiche Haut ihrer Leisten. Das Gefühl war köstlich und sandte Schauer über ihren nackten Körper.

Der Djinn schien die Zartheit ihrer Haut aufnehmen zu wollen, bedächtig fuhr er die Stelle nach, an der ihre Hüften und ihre Beine aufeinandertrafen. Shahira spürte ein Sehnen zwischen ihren Schenkeln, das sich in immer größer werdender Nässe zeigte. Sie wollte, dass er seine Fingerspitzen von ihren Lenden löste, sie wollte, dass er sie berührte. Doch er tat es nicht. Der Djinn löste seine Hand und platzierte sie auf ihrer rechten Pohälfte. »Nein«, murmelte Shahira und spreizte freiwillig ihre Beine weiter. Ihr Becken rieb sich an seiner schwieligen Hand.

Er ignorierte ihren Protest und packte das weiche Fleisch. Kraftvoll drückte er zu, und sie stöhnte auf. »Nein«, murmelte sie abermals, aber es klang nicht einmal in ihren eigenen Ohren ehrlich.

Der Djinn hielt sie nun mit dem rechten Arm und berührte mit der linken Hand die andere Pobacke. Shahira spürte, wie die Erregung sie langsam mit sich zog. »Mehr«, flüsterte sie kraftlos. Es schien, als hätte der Djinn nur darauf gewartet. Er löste seine Finger von ihrem Po und kehrte zu ihrem Schoß zurück, der sich ihm jetzt angeschwollen und heiß präsentierte. Shahira zitterte und verspürte ein Verlangen, das sie bis dahin nicht gekannt hatte. Die Hitze in ihrem Rücken machte ihr kaum mehr Angst, vielmehr wünschte sie sich, sie zu erkunden, sie zu lecken, sie zu berühren und zu streicheln. Sie wollte sie in sich haben, genau dort, wo seine Hand nun lag und nur darauf wartete, tiefer zu dringen.

Shahira wand sich, aber nicht, um freizukommen. Der Djinn quälte sie nicht mit Schlägen oder mit Gewalt – er folterte sie, indem er die Fingerkuppen nur hauchzart über ihre angeschwollenen Schamlippen tanzen ließ, ohne zwischen sie zu dringen.

Shahira wimmerte wie ein Kätzchen und schob ihm ihre Hüften entgegen, rieb sich an seinen Fingerkuppen, aber es nützte nichts. Der Djinn ließ sich nicht drängen. Wie zur Strafe wurde er noch langsamer, berührte sie kaum noch, sodass Shahira ihn nur mehr erahnen konnte. Sie klammerte sich an seinen Arm, so gut es ihr möglich war. »Bitte«, flüsterte sie, die Augen geschlossen. Seine Berührung erschien ihr so noch viel intensiver. Er kam ihrem Wunsch nach, doch ganz anders, als Shahira es erwartet hatte. Abrupt löste sich sein Griff, und sie taumelte.

Shahira riss die Augen auf und wurde rücklings gegen die Wand neben dem Fenster gedrückt. Sein Gesicht war nah vor ihrem, und seine blauen Augen bohrten sich in ihre. Sein Blick trug Flammen in sich, verzehrend und hitzig wie sein Körper, der sich an ihrem rieb. Im Gegensatz zu ihr war er nicht nackt; eine einfache, dunkle Hose trennte ihren Unterleib von seinem. Und doch konnte sie durch den Stoff hindurch spüren, wie sein Lingam sich, aufgerichtet und vor Erwartung bebend, an sie schmiegte. Der Djinn sprach nicht, hielt nur ihren Blick fest. Sie erwartete, seine Hand wieder zwischen ihren Beinen zu spüren, aber er ging auf die Knie und schob ihre Beine auseinander.

Mit großen Augen sah sie auf ihn herunter. »Was ... was hast du vor?«, hauchte sie, ohne sich vorstellen zu können, was er da tat. Der Djinn hob das schwarze Tuch an – von ihrer Position aus konnte Shahira keinen Blick auf sein Gesicht erhaschen und stöhnte frustriert, was sich aber schnell wandelte. Sanft schob sich seine Zunge zwischen ihre pochenden Schamlippen. Shahira wurden die Knie weich, und sie musste sich auf seinen breiten Schultern abstützen, um nicht jeden Halt zu verlieren.

Sie keuchte, wurde lauter, als seine Zunge den empfindlichsten Teil ihres Schoßes reizte – wissend stupste er gegen ihre Perle, die sich vorwitzig zwischen den weichen Hautfalten hervorgeschoben hatte und unter der Aufmerksamkeit der Zungenspitze stolz bebte.

Shahira presste die Lippen aufeinander, um den Schrei zurückzuhalten, der ihre Kehle hinaufdrängte. Sie grub ihre Fingernägel in die gemusterte Haut des Djinns, doch der schien es kaum zu spüren. Seine Zunge rieb sich an der kleinen, harten Erhebung und sandte mit jedem Zungenschlag weitere Blitze der Lust durch Shahiras Körper. Sie glaubte zu zerfließen. Der Djinn umfasste ihre Hüften, aber nicht, um sie festzuhalten, sondern um sie näher an seinen Mund zu schieben. Der Stoff seiner Maske streifte Shahiras Bauch. Sie bog sich ihm entgegen und fühlte seine Zunge tiefer gleiten, hinein in ihre Nässe, die ihn gierig willkommen hieß.

Shahira gab einen schluchzenden Laut von sich, und ihre Hände wanderten von seinen Schultern in sein dichtes, schwarzes Haar. Sie vergrub ihre Finger darin, suchte Halt und zerwühlte es dabei vollkommen. Der Djinn machte seine Zunge hart und schob sie tief zwischen Shahiras hungrige Lippen; Shahira wurde nur noch von der Wand und seinen Händen gestützt. Sie verlor mit jedem Augenblick, in dem er von ihr kostete, mehr die Kontrolle und ergab sich vollkommen dem Rausch, den er ihr schenkte.

Seine Hitze schien sich auf sie zu übertragen, und sie bettelte nach mehr und mehr davon. Ekstase beherrschte ihren Körper, und ihre Hüften bewegten sich im gleichen Takt gegen seine Zunge, in dem er sie leckte. Shahira hatte nicht einmal geahnt, dass Djinns so etwas mit Frauen taten, aber sie genoss es. Es sollte ewig andauern, und zugleich lechzte ihr Körper nach Erlösung.

Spannung und Hitze bemächtigten sich ihrer, und Shahira wusste, dass irgendetwas passieren würde. Als es dann kam, war es dennoch wie ein Faustschlag. Sie warf den Kopf zurück und spürte eine Welle aus Licht durch sich branden. Sie öffnete sich dem Djinn vollkommen, die Hände noch immer in seinem Haar vergraben, und er dankte es ihr, indem er an ihrer Yoni saugte und sanft in ihre Schamlippen biss.

Shahira konnte noch irgendwie verhindern, dass sie laut schrie, aber zu mehr war sie nicht fähig. Die Lippen mühsam aufeinandergepresst, sackte sie einfach in sich zusammen, als sie kam.

Der Djinn fing sie auf, ehe sie auf den Boden stürzen konnte. Sie spürte seine Arme um sich, doch er hielt sie nicht gefangen. Er stützte sie und führte sie die wenigen Schritte zum Bett zurück. Shahira sank ohne ein Wort darauf und sah ihn an. Er hatte das Tuch wieder zurechtgerückt und musterte sie. Noch immer drückte sich sein Glied fordernd gegen die Vorderseite seiner Hose, doch er schien es zu ignorieren.

Eine weitere Böe fuhr in das Zimmer und schob die Vorhänge lang genug beiseite, um Licht hereinzulassen. Die milchigen Strahlen trafen auf etwas in der Hand des Djinns, wurden zurückgeworfen, und ließen einen länglichen Gegenstand aufleuchten. Shahira war erschöpft, aber als sie das Aufblitzen sah, schrien alle ihre Sinne auf – in der Hand des Djinns, die sie noch Sekunden zuvor aufgefangen und gehalten hatte, die ihr solches Vergnügen geschenkt hatte, lag ein Dolch. Kein einfaches Messer, wie es ihr Vater oder einer der anderen Viehhüter aus dem Dorf benutzte, sondern ein Werkzeug, das nur für den Zweck des Tötens geschaffen worden war.

Shahiras erhitzte Haut wurde schlagartig wieder kalt, und sie sah den Djinn an. »So endet es?«, fragte sie, selbst überrascht über die Ruhe in ihrer Stimme. »Wirst du mir dieses Messer in die Brust treiben, schöner Djinn?«

Er sah sie noch immer an, und kein Wort kam über seine Lippen. In einem ewig dauernden Blick hielten sie sich gegenseitig mit ihren Augen gefangen, und Shahira war sich nicht sicher, wer von ihnen wem mehr Angst einjagte.

Plötzlich zerriss der Schrei eines Mutterschafs die Nacht. Shahira wandte erschrocken den Kopf in Richtung der Weiden. Als sie wieder neben ihr Bett sah, war der Djinn verschwunden.

Die Nacht kehrt zurück

Der nächste Tag verging viel zu langsam und doch viel zu schnell. Der frühe Morgen fühlte sich unwirklich an – sie war in der Nacht zuvor dem Tod nur knapp entronnen und hatte gleichzeitig Wonnen erlebt, wie sie nur im Himmel möglich waren. Als sie Kaftan, Sarouel und Schal übergestreift hatte, war das wie von allein geschehen, und ihr langes schwarzes Haar hatte sie geflochten, ohne einen bewussten Gedanken daran zu verschwenden.

Später wurde Shahira mehrmals von ihrer Mutter gescholten, weil sie unaufmerksam war. Ihr verbrannte das Brot im Ofen, und sie verschüttete die am Morgen gemolkene Milch der Schafe. Doch nicht einmal die Schimpftiraden ihrer Mutter konnten sie wirklich berühren. Unablässig wanderten in Shahiras Kopf die Gedanken, vermischt mit Erinnerungsfetzen der letzten Nacht, und immer wieder die eine Frage: Warum hatte er sie nicht getötet?

Nicht, dass sie es sich gewünscht hätte. Ihre Angst war echt gewesen, ebenso wie die Lust, die sie empfunden hatte.

Shahira klatschte laut in die Hände, um die Schafe endlich in ihren Pferch für die Nacht zu treiben, damit sie nicht Schakalen oder Wölfen zum Opfer fielen. Eigentlich war das die Arbeit eines Mannes, des Sohnes des Hauses, doch das Schicksal hatte Shahiras Eltern nur mit einem Kind gesegnet – Shahira. Daher war sie die Einzige, die den Eltern bei der täglichen Arbeit helfen konnte.

Mit einer Mischung aus Sorge und Erregung sah sie dabei die Sonne halb hinter dem Horizont verschwinden. Shahira konnte regelrecht fühlen, wie die letzten Strahlen des Tagsterns über das Land krochen und den letzten Rest Licht mit sich hinter den Horizont nahmen. Alles, was zurückblieb, war schwarze, dunkle Nacht.

Shahira verabschiedete sich schon früh und legte sich in ihr Bett. Doch der Schlaf ließ auf sich warten. Der Grund dafür war ihr Herz, das viel zu laut und zu schnell klopfte. Jeder Schlag dröhnte regelrecht in ihren Ohren, und sie umklammerte die bunt bestickte Decke, als könnte sie ihr Halt geben. Die Augen geschlossen, versuchte sie sich abzulenken und lauschte auf die nächtlichen Geräusche vor ihrem Fenster. Dort war es ruhig – nicht einmal die Grillen waren zu hören, nur angespannte Stille. Shahira schluckte und hatte sich gerade etwas entspannt, als etwas leise auf dem Boden aufschlug. Sie riss die Augen auf und versuchte sich in der Dunkelheit zu orientieren. Ein Strahl Mondlicht fiel durch das offene Fenster herein und zerschnitt die Schwärze in ihrem Zimmer.

Er war zurückgekehrt.

Das weiße kalte Licht des Mondes glitt über seinen nackten Oberkörper und beleuchtete die Erhebungen seiner Muskeln auf Armen, Brust und Bauch. Die Perfektion wurde nur durch die tätowierten Linien gestört, die sich zu einem seltsamen Muster vereinigten. Seine Augen waren noch immer so fremdartig blau wie bei ihrem ersten Zusammentreffen, und Shahira konnte sich des Gefühls nicht erwehren, dass sie ihn von irgendwoher kannte.

Wie schon in der Nacht zuvor trug er einen Schal, den er sich um den Hals geschlungen und über Mund und Nase gezogen hatte.

Stumm stand er am Fenster und musterte sie. Shahiras Atem ging stoßweise, und eine Weile sahen sie einander nur an, ohne dass ein Wort gesprochen wurde. Schützend hatte sie ihre Decke bis über ihre nackten Brüste gezogen und wünschte sich jetzt verzweifelt, dass sie doch ihr Schlafhemd angezogen hätte, wie sie es ursprünglich vorgehabt hatte.

Wenn am Mittag noch Lust mit Furcht gerungen hatte, gewann jetzt doch die Angst. Shahira wagte es nicht, sich zu rühren oder um Hilfe zu schreien. Sie wusste, wie schnell der Djinn sich bewegen konnte.

Er machte einen Schritt auf sie zu und bewegte die Finger seiner rechten Hand. Die Bewegung erinnerte sie plötzlich daran, wie er sie mit dieser Hand berührt und gestreichelt hatte. Seine Finger hatten ihre Haut berührt, hatten die Konturen ihres Körper ertastet und ...

Sie hielt erschrocken den Atem an, als ihr klar wurde, woran sie dachte. Und etwas in ihr sehnte sich danach, dass er die Berührungen wiederholen würde, dass er ihr noch einmal zeigen würde, was ein Mann einer Frau schenken konnte.

Hitze stieg ihr ins Gesicht, und sie wagte es endlich, den Blickkontakt abzubrechen.

Ein leises Zischen ertönte, und mit einem Mal kniete er über ihr, drückte ihren Körper auf das Bett zurück, die Hand um ihre Kehle, das Messer in der anderen. Die scharfe Klinge des Dolches drückte sich gegen ihre Haut, und sie spürte einen dünnen Blutstropfen ihre Kehle hinabrinnen. Der Schnitt brannte, doch ihre Angst war größer. Seine Augen waren aufgerissen, ebenso wie ihre, und sein Atem ging wild.

Shahira wagte nicht einmal zu atmen, aus Angst, dass der scharfe Stahl sich tiefer in ihre Haut graben würde. Sie hätte betteln können, um ihr Leben flehen, doch sie schwieg. Wenn ihr Schicksal bestimmt hatte, dass diese Nacht ihre letzte sein würde, dann sollte es so sein.

Der Djinn beugte sich zu ihr herab, und sie konnte seinen Atem selbst durch den Stoff des Schals hindurch spüren. Ein schwacher Duft lag darin, ein Duft, den sie kannte. Doch sie konnte sich nicht erinnern, woher.

»Warum du?«, hörte sie ihn sagen, und seine Augen verengten sich, bis sie nur noch zwei blau blitzende Diamantsplitter sah.

»Ich … verstehe nicht«, murmelte sie. Er gab einen Laut von sich, der für sie klang wie das Knurren eines Wolfes. Der Dolch löste sich von ihrem Hals, und sie fuhr mit den Fingern über die angeritzte Haut. Ihr Blut fühlte sich heiß an. Shahira sah den Djinn fragend an. In seinem Blick konnte sie keine Antwort finden, nur etwas Wildes, Verlangendes, das sie bis in ihr Herz hinein berührte.

Seine Hand ließ den Dolch fallen, der neben ihr auf das Bett fiel – seine Finger legten sich auf den Ansatz ihrer Brüste, und Shahira glaubte, dass ihr Herz aus der Brust springen würde. Doch sie protestierte nicht, gab keinen Laut von sich. Ihr Blick wurde von seinem gefangen gehalten, und selbst wenn sie gewollt hätte, hätte sie den Bann nicht brechen können.

Sie schluckte hart, als seine Finger tiefer fuhren und in der Kuhle zwischen ihren Brüsten verweilten. »Willst du mich schänden, Djinn?«, fragte sie leise und war selbst überrascht, wie ruhig ihre Worte klangen. Er hob den Kopf und sah sie an. »Nein«, sagte er mit rauer Stimme. »Heute Nacht werde ich dich weder töten noch schänden, Shahira.«

Ihr Name aus seinem Mund ließ eine Gänsehaut über ihren Körper fahren, und sie wunderte sich nicht darüber, dass er ihren Namen wusste. Er war ein Djinn, ein Nachtgeist, dazu erschaffen, Leid und Unglück über die Menschen zu bringen. Er konnte eins mit der Nacht werden und die Gedanken jedes menschlichen Wesens lesen. Und doch konnte sie nicht leugnen, dass ihr Name, von ihm ausgesprochen, ihren Körper in Hitze versetzte.

»Was hast du dann mit mir vor? Warum kommst du immer wieder zu mir und tötest mich dann doch nicht?«

Seine Hand legte sich um ihre linke Brust und griff fest zu. Eine Mischung aus Schmerz und Lust raste ihren Körper hinab und ließ sich zwischen ihren Schenkeln nieder. »Du willst die Antwort nicht wissen«, sagte er nah an ihrem Ohr. »Frag nie wieder danach, oder ich werde zu Ende bringen müssen, was ich begonnen habe.«

Seine Stimme klang warm, doch die Wahrheit darin war wie scharfer Stahl. Er versuchte nicht, sie einzuschüchtern, indem er ihr einfach nur drohte. Was er sagte, war eine Tatsache, unumstößlich und nicht anzuzweifeln. Shahira beschloss, ihm zu gehorchen, auch wenn sie nicht verstand, warum der Nachtgeist wieder zu ihr gekommen war.

Seine Hand ließ ihre Brust fahren, widmete sich der anderen und wischte so jede weitere Frage aus Shahiras Gedanken. Seine Fingerspitzen umkreisten die aufblühende Knospe, die sich sofort zu einem harten, festen Nippel zusammenzog. Er drückte etwas fester zu und entlockte Shahira damit ein unterdrücktes Stöhnen.

Er senkte den Kopf; sein schwarzes Haar fiel ihm in die Stirn, und Shahira konnte sein Gesicht nicht mehr sehen. Gerade als sie sich fragte, was er vorhatte, spürte sie weiche Lippen und eine tastende Zungenspitze, die um die andere Brustspitze kreisten. Das Gefühl war köstlich und erregte sie über alle Maßen. Die Erinnerungen der letzten Nacht flammten kurz auf und wurden sofort durch das Hier und Jetzt ersetzt.

Er fuhr tiefer, seine Zungenspitze fand ihren Nabel und tauchte hinein. Shahira stöhnte lauter und schob sich ihm entgegen. Ihr Arm streifte dabei den Dolch, und mit eisiger Kälte kehrte die Realität zurück. Sie versteifte sich. Der Djinn schien das zu bemerken. Er kam wieder höher, bis sein Körper auf ihrem lag und sie sich seinem eisblauen Blick stellen musste. Ohne ein Wort schob er ihre Beine auseinander, bis er dazwischen knien konnte, und streifte flüchtig über die Innenseiten ihrer Schenkel.

Shahira keuchte und biss sich auf die Lippen. Was hatte er vor?

Die Frage wurde ihr von seinen Fingerspitzen beantwortet, die flüchtig wie ein Schmetterling über ihre Scham fuhren. Shahira zuckte zusammen; auch wenn die Berührung nur leicht gewesen war, spürte sie, wie Nässe aus ihrem Schoß rann.

Sie spürte ein Sehnen, dass er sie noch einmal dort berühren würde, dass seine Finger länger dort verweilen mochten. Es war ein fremdes Begehren, und sie erschrak über sich selbst. Doch es war zu spät, sie konnte ihre Lust nicht mehr aufhalten.

Der Djinn streifte noch einmal ihre nasse Spalte und nickte zufrieden, als er seine feucht glänzenden Fingerspitzen betrachtete. Der Anblick erregte sie über alle Maßen, und ohne ihr Zutun spreizten sich ihre Schenkel für ihn. Mit einem Mal fühlte sie einen Finger tief in sich dringen. Ihr blieb die Luft weg, und sie japste. »Still«, mahnte der Djinn sie, ließ seinen Finger aber, wo er war. Shahira schluckte hart, schwieg aber. Dennoch konnte sie nicht stillhalten. Sie suchte nach Halt auf ihrer zerschlissenen Matratze. Doch nichts konnte diese Spannung in ihr lösen oder ihr Erleichterung verschaffen.

Als sie nicht stillhielt, zog er seine Finger zurück. Er packte ihr Handgelenk, und sie keuchte erschrocken auf. Diesmal musste er nicht einmal ein Wort sagen – sein warnender Blick genügte, und sie biss sich auf die Zunge, um keinen weiteren Laut von sich zu geben.

Er nestelte an seiner Hose und zog ihre Hand dann näher zu sich, zu der Beule zwischen seinen Beinen. Shahira öffnete den Mund, doch bevor sie selbst wusste, ob sie protestieren oder etwas fragen wollte, hatte ihre Hand schon sein hartes Geschlecht gefunden.

Es fühlte sich anders an als alles, was sie je zuvor gespürt hatte. In seiner Form und Härte erinnerte es sie an Holz, doch die Oberfläche war glatt und weich wie Seide. Es pulsierte vor Hitze; die Spitze ähnelte der weichen Schnauze der Schafe.

Neugierig glitten Shahiras Finger über den harten Schaft, und über diese neue Form vergaß sie sogar ihre Furcht. Versuchsweise drückte sie Daumen und Zeigefinger um die Eichel zusammen und bemerkte zufrieden, wie der Djinn zusammenzuckte. Sie ließ ihre Fingerkuppe über die Eichel gleiten, und sein Atem wurde zum Stöhnen.

Sie verstand instinktiv, und begeistert wiederholte sie die Bewegung. Wieder stöhnte der Djinn, und Shahira wurde mutiger. Sie liebkoste die weiche Spitze seines Gliedes, streichelte über die gesamte pralle Länge und fuhr mit der Hand tiefer. Am Ansatz seines Schafts fühlte sie den weichen Sack, in dem sich die zwei empfindsamen Kugeln befanden. Shahira hatte ihrem Vater schon oft bei der Kastration der jungen Lämmer zugesehen und auch hin und wieder heimlich die jungen Männer des Dorfes beim Baden im künstlich angelegten Wasserbecken beobachtet. Daher wusste sie, wie die männliche Anatomie beschaffen war. Doch es war etwas ganz anderes, sie in diesem Zustand und auf diese Weise zu erkunden. Es gab ihr ein Gefühl von Macht – sie konnte bestimmen, welche Reaktion der Djinn auf ihre Berührungen zeigte. Er war in ihrer Hand.

Versuchsweise streichelte sie die Hoden und spürte, wie sie sich zusammenzogen. Der Djinn keuchte überrascht und beugte sich näher zu ihr. Shahira erwiderte seinen Blick und streichelte ihn etwas fester. Er stieß einen zischenden Laut aus und zog ihre Hand zurück. »Vorsicht«, murmelte er.

Shahira verstand und nickte. Er musste ihre Hand nicht führen, sie fand von allein zurück zu seinem Glied. Shahira genoss es, wie es sich in ihre Handfläche schmiegte. Fast wie ein Kätzchen.

Der Djinn umfasste wieder ihre Hand, doch diesmal sehr viel umsichtiger als beim ersten Mal. »So«, murmelte er und führte ihre Hand hinauf und hinab, immer wieder an seinem Schaft entlang. Die Bewegung vertiefte die Sehnsucht, die sich schon lange in Shahiras Schoß ausbreitete. Sie seufzte und spreizte ihre Beine bis zum Äußersten.

Der Djinn berührte auch sie wieder. Seine Finger streichelten die weichen Schamlippen um ihre Spalte, und allein von diesem Gefühl glaubte Shahira, vergehen zu müssen. Sie seufzte leise und legte ihre freie Hand auf seine Schultern. Unter ihren Fingern spürte sie seine Muskeln unter der goldglänzenden Haut zucken, als er sich ihrer Hand entgegentrieb und zwischen ihre gekrümmten Finger stieß.

Bald konnte sie sich nicht mehr darauf konzentrieren, denn seine Finger berührten die winzige hervorblitzende Perle an der Spitze ihrer Spalte. Die Welt war von einem Augenblick auf den anderen erfüllt mit Blitzen. Shahira konnte nicht anders, sie schrie auf, als ihr Körper sich völlig den Liebkosungen des Djinns ergab.

Er streichelte sie, stieß neckend gegen die Erhebung und kreiste mit der Fingerkuppe darum. Shahira keuchte und wand sich atemlos, doch keinen einzigen Augenblick ließ sie sein erregtes Glied los. Der Djinn erstickte ihre Lustlaute mit seinem Mund. Er presste ihn auf ihren, doch das Tuch blieb zwischen ihnen.

Shahira wünschte sich, seine Lippen auf ihren zu spüren. Sie wollte ihn küssen, wollte ihre Lust in seinen Mund schreien, doch sie konnte nichts tun. Hilflos keuchte sie gegen den Schal, klammerte sich an ihm fest und rieb wie besessen ihren Schoß gegen seine Finger.

Ihre Lust raubte ihr den Verstand, ihr Körper war gespannt wie eine Bogensehne. Sie brauchte Erlösung, erflehte sie, und endlich wurde sie ihr gewährt. Mit einem letzten Streicheln brachte er sie nah an den Gipfel, doch sie erklomm ihn vollkommen, als zwei seiner Finger ihren Weg in ihren Schoß fanden.

Shahira schrie gegen den Stoff seines Schals, schluchzte und sah die Welt um sich herum explodieren. Erst viel später, als sie wieder zu Atem gekommen war, und klar sah, merkte sie, dass der Djinn verschwunden war.

Zweifel

In der kommenden Nacht kam er nicht. Und auch die nächsten zwei Nächte lag Shahira umsonst wach und starrte zum Fenster, schwankend zwischen Angst und Hoffnung, ob sie seine dunkle Silhouette im Gegenlicht des Mondes sehen würde. Doch ihr Zimmer blieb leer, ebenso wie ihr Bett.

Shahira war sich nicht einmal sicher, wie sie fühlen sollte. Der Djinn war eine Ausgeburt des Bösen, eine Kreatur, die von Gott in die Stunden der Nacht verbannt worden war und nur mit dem Siegel Salomons gebannt werden konnte. Sie hatte die Geschichten gehört, die ihre Großmutter in den langen Winterabenden erzählt hatte. Nana hätte gewusst, wie sie mit einem Nachtgeist umgehen musste, einem Schatten, der nur darauf aus war, Böses zu tun. Und doch hatte er sie nicht getötet. Auch wenn er es ihr immer wieder angedroht hatte, hatte er es doch nicht tun können. Stattdessen hatte er ihr Gefühle geschenkt, die neu und aufregend waren, und er hatte ihr gezeigt, welche Lust ihr Körper ihr schenken konnte.

Sie sehnte sich danach, diese Lust noch einmal zu spüren. Als sie allein und ohne Hoffnung, ihn in dieser Nacht noch zu sehen, in ihrem Bett lag, war die Sehnsucht so stark, dass ihr Schoß nass wurde, ohne dass sie sich auch nur berührt hätte.

»Los, mach die Augen auf«, riss Kalirs Stimme sie aus ihren Träumereien. Die junge Frau mit den auffälligen Grübchen in den Wangen grinste breit und stemmte ihren Wasserkrug gegen die ausladende Hüfte.

Shahira sah sie verdutzt an und stieß in dem Augenblick gegen ihren eigenen Krug, den sie auf dem Rand des Brunnens abgestellt hatte. Fast wäre die Töpferware in den Brunnen gefallen, doch Kalir reagierte schneller als Shahira und ergriff den Henkel des Krugs, ehe er fallen konnte. »Ich sagte doch, Augen auf«, schimpfte Kalir und reichte Shahira den Wasserkrug.

Die wurde rot, weil sie so offensichtlich in Gedanken gewesen war.

»Du wirkst immer so abwesend in letzter Zeit«, fuhr Kalir fort und verlagerte ihr Gewicht auf die andere Seite, während sie darauf wartete, dass Shahira ihren eigenen Krug endlich geschultert hatte. Die zuckte ertappt zusammen. »Was meinst du?«

»Du träumst mit offenen Augen, und darunter sehe ich dunkle Schatten, als würdest du keinen Schlaf mehr finden.« Im Gesicht der Freundin schien Erkenntnis auf. »Ist etwas mit deinen Eltern? Haben sie immer noch keinen Ehemann für dich gefunden?«

Shahira schwieg. Eigentlich sollte sie sich wirklich Sorgen um ihre Zukunft machen. Ihre Eltern waren arm, und das hieß für einen potentiellen Bräutigam, dass er keine hohe Mitgift zu erwarten hatte. Egal, wie schön eine Frau war, sie war doch nichts wert, wenn sie nicht genügend Vieh oder Geld mitbrachte, um einen Haushalt zu gründen. Und Shahira war schön – das hatte sie oft genug von Männern gehört, die versucht hatten, sie zu überreden, mit ihnen durchzubrennen. Doch das war nicht, was sie wollte. Tief in ihrem Innern hatte Shahira das Gefühl, dass sie auf etwas warten musste. Etwas Besonderes. Sie wusste nicht, woher dieses Wissen kam, aber sie war sich sicher. Deshalb machte sie sich kaum Sorgen, dass sie als alte Jungfer im Hause ihrer Eltern enden würde, die die beiden versorgte, wenn die Zeit dafür gekommen wäre.

»Shahira!«

Sie war wieder in Gedanken versunken. »Entschuldige, Kalir. Ich mache mir wirklich Sorgen deswegen«, log sie. »Es gibt immer noch keinen Mann, der um meine Hand anhalten will, und ...«

»Dafür habe ich endlich jemanden gefunden!«, unterbrach Kalir sie mit breitem Strahlen, das ihre Grübchen vertiefte. Shahira hob überrascht eine Augenbraue. Sie und Kalir waren die letzten ledigen Mädchen im Dorf. Alle anderen außer ihnen waren schon verheiratet.

»Wen?!«

»Anousch«, triumphierte ihre Freundin, und Shahiras Augenbraue wanderte höher. Ausgerechnet der Sohn des reichsten Mannes im Ort hatte sich für Kalir entschieden? Shahira unterdrückte ein Schaudern, als sie an den großen, dürren Mann dachte. Sie konnte sich nur zu gut an den Abend erinnern, an dem er über den Durst getrunken hatte und sie auf ihrem Weg vom Brunnen nach Hause abgefangen hatte. Sein Atem hatte nach abgestandenem Wein gestunken, und er hatte die Hand unter ihr Kleid geschoben, wobei er gelallt und von seinem Geld geredet hatte. Nur mit Mühe hatte Shahira ihn damals abwehren können. Seitdem ging sie Anousch aus dem Weg.

»Dann ... dann wünsche ich euch beiden alles Glück dieser Welt«, sagte sie und ging vor.

»Was ist denn?«, fragte Kalir verwirrt und beeilte sich, ihr zu folgen. »Freust du dich nicht?«

Shahira verlangsamte ihren Schritt nicht und machte ein nachdenkliches Gesicht. »Doch«, sagte sie schließlich. »Ich freue mich für euch.«

»Nein, tust du nicht«, behauptete Kalir, und ihre Mundwinkel verzogen sich. »Du bist neidisch, deswegen schaust du so sauertöpfisch drein.«

Entschieden schüttelte Shahira den Kopf. Wie sollte sie ihrer Freundin begreiflich machen, dass sie eher verwundert war und sich Sorgen um sie machte, ohne dabei wie eine neidvolle abgewiesene Frau zu wirken? Es lohnte sich nicht einmal, es zu versuchen. »Ich freue mich wirklich für dich«, bekräftigte Shahira und blieb stehen, um Kalir ins Gesicht sehen zu können. »Ich musste nur daran denken, dass mir noch niemand die Ehe angeboten hat. Doch das soll dein Glück nicht trüben.«

Kalir schmollte noch etwas, doch bald hatte sie sich wieder beruhigt. Sie begann von den Hochzeitsvorbereitungen zu reden und wie Anousch und sein Vater in ihr Haus gekommen waren, um die Ehe zu besprechen und dann zu besiegeln.

Shahira hörte ihr nur mit halbem Ohr zu. Würde sie jemals heiraten? Und wenn ja, was dann? Ein Haus am Rande des Dorfes, einige Kinder, die gleiche Arbeit, die sie auch im Haus ihrer Eltern verrichtete. War das alles? Würde ihr das reichen?

Sie sah zu Boden, während sie weiter zurück zum Dorf gingen. Und was wäre mit den Nächten? Was, wenn ihr Djinn zurückkommen würde?

Shahira biss sich auf die Lippen. Ihr Djinn? Wann hatte sie begonnen, ihn so zu nennen? Er war ein Nachtgeist, ein Schatten, den sie nicht einfangen konnte, und sie sollte dankbar sein, dass er sie nicht mehr nachts heimsuchte.

»Shhh.« Kalir hielt Shahira am Arm fest.

»Was ist denn?«

Kalir antwortete nicht, sondern deutete mit den Augen auf einen Punkt, irgendwo hinter den Hibiskusbüschen. Shahira wusste erst nicht, was ihre Freundin meinte, bis sie durch einen Spalt zwischen den Blättern hindurchsehen konnte. Dort befand sich das große Wasserbecken, in dem es immer einen Vorrat für das Bewässerungssystem der Gärten gab. Die Jungen und jungen Männer des Dorfes nutzten das Bassin aber auch gerne zum Baden und Planschen. So wie heute auch.

Fünf Männer lachten, sprangen nackt vom Rand des Beckens und riefen sich schmutzige Witze zu. Shahira spürte Röte ihre Wangen hinaufkriechen, doch Kalir hatte weniger Hemmungen. »Komm, schauen wir uns das aus der Nähe an«, forderte sie Shahira auf. Bevor diese protestieren konnte, hatte Kalir ihr den Krug abgenommen und mitsamt ihrem eigenen unter den Büschen versteckt. Shahira an der Hand schlug sie sich in die grünen Gewächse und schlich mit ihr so nah an das Becken heran wie möglich.

»Wir können sie nicht einfach so beobachten«, zischte Shahira, auch wenn sie zugeben musste, dass sie es selbst bereits einige Male getan hatte. Doch niemals aus solcher Nähe.

»Wir müssen sie sogar beobachten«, flüsterte Kalir und grinste. »Immerhin werde ich bald eine respektable Ehefrau sein, und da muss ich doch wissen, was mich in der Hochzeitsnacht erwartet.«

Shahira presste die Lippen aufeinander und erwiderte nichts. Kalir stieß sie in die Seite. »Schau nur, da ist Anousch.«

Tatsächlich war der reiche Erbe einer der badenden Männer. Er war noch dünner, als Shahira es sich vorgestellt hatte, und sie fragte sich, wie es sein mochte, einen solchen Körper zu berühren. Sie konnte sich nicht vorstellen, dass dies ebenso viel Vergnügen bringen würde wie das Streicheln über die harten Muskeln von …

Sie presste die Lippen aufeinander und schüttelte den Kopf. So etwas durfte sie nicht denken. Doch es war bereits zu spät. Während Kalir gespannt die nackten Männer beobachtete, schlichen sich die Erinnerungen einmal mehr in Shahiras Gedanken. Unbewusst verglich sie jeden der Fünf mit dem Körper des Djinns, aber keiner von ihnen konnte sich mit ihm messen. Wie auch? Er war ein Nachtgeist, kein gewöhnlicher Mann.

Keiner von ihnen trug die ungewöhnlichen Zeichnungen eines Djinn, und alle hatten dunkle braune Augen. Ein wenig verschämt musterte sie die schlaff herabhängenden Glieder der Männer. Keines von ihnen war so steif und heiß, wie das des Djinns, das sie berührt hatte. Doch Shahira wusste von den Schafen und den Böcken, dass deren Glieder auch erst steif wurden, sobald sie ein Schaf besteigen wollten.

Die Hitze ihrer Wangen breitete sich aus, wanderte ihren Körper hinab und ergriff ihre Beine, den Bauch und schließlich ihren Schoß. Sie musste an das Gefühl denken, als sie den Djinn umfasst hatte, als er in ihr Ohr gestöhnt und sich in offensichtlicher Wolllust gewunden hatte …

Shahira schluckte und strich sich mit der Hand über den Hals. Sie konnte es nicht länger leugnen; sie wollte ihn wiedersehen. Nein, sie musste ihn wiedersehen! Sie wollte nur noch einmal von ihm berührt werden und ihn noch einmal berühren. Sie wollte, dass er den gleichen Gipfel erklomm wie sie, ausgelöst durch ihre Hände. Oder ihren Mund.

An diese Möglichkeit hatte sie noch gar nicht gedacht, doch er hatte ihr auch mit seinen Lippen und seiner Zunge Vergnügen und Lust geschenkt. Ob es sich für ihn auch so anfühlen mochte? Wenn sie an ihm leckte?

Das Bild war so plastisch vor ihren Augen, dass Shahira förmlich die anwachsende Nässe zwischen ihren Schenkeln spüren konnte. »Ich … ich muss gehen«, flüsterte sie, ohne weiter auf Kalirs Einwände zu achten. Shahira verschwand so schnell es ging und griff nach ihrem Krug. Dabei verschüttete sie die Hälfte, doch es kümmerte sie nicht. Sie musste diesem Verlangen Luft verschaffen, sonst würde sie noch wahnsinnig werden!

Bis nach Hause schaffte sie es nicht mehr. Ihre Lust wurde übermächtig, und Shahira sah sich hastig um. Niemand war zu sehen – wahrscheinlich waren alle bereits auf den Feldern, um die Schafe in die Gehege zu treiben, oder sie bereiteten das Abendessen zu. In der Nähe konnte sie bereits die Lichter des Dorfes sehen, die ob der anbrechenden Dämmerung angezündet wurden. Kalir war wohl weiterhin in den Büschen, um ihren Zukünftigen zu beobachten.

Shahira stellte den Krug ab und verschwand zwischen zwei großen Felsbrocken. Hier war sie relativ unbeobachtet.

Ihre Hand fuhr unter ihren Rock, und sie keuchte erschrocken, als sie spürte, wie nass sie in Wirklichkeit schon war. Der Nektar aus ihrem Schoß netzte bereits die Innenseite ihrer Schenkel. Sie schluckte und tastete sich vor zu den angeschwollenen Blütenblättern. Sie reagierten fast so intensiv auf ihre Berührung wie auf die Hände des Djinn. Ein sanftes Streicheln genügte, und Shahira zuckte zusammen. So hatte auch er sie gestreichelt. Sie stellte sich vor, wie es anders hätte sein können.

Er berührt ihre Scham, lässt zwei Fingerspitzen darüber gleiten, bis neuerliche Nässe Shahiras Schoß netzt. Sie windet sich unter ihm, die Hände in seinen muskulösen Rücken verkrallt. Die Stärke, die sie darin spürt, ist berauschend. Er ist wie ein Wolf, ein Tiger, der gekommen ist, um sie zu seiner Beute zu machen. Und sie ist sein williges Opfer, bis zuletzt. Sie gibt sich ihm hin, ohne Angst oder Reue. Alles was zählt, ist dieser Moment.

Der Djinn spürt das und belohnt sie, indem er zwei Finger in ihre Spalte schiebt. Shahira wimmert und spreizt ihre Schenkel, um ihm alles darzubieten. Sie will ihn. Sie braucht ihn!

Er neckt sie, zieht seine Finger zurück, doch die Kuppe seines Daumens zeigt Gnade, und er reibt damit ihre prall hervorstehende Perle.

Shahira keucht unterdrückt, und ihre Hüften stoßen hoch, seinem Finger entgegen. Er gibt einen zufriedenen Laut von sich und belohnt sie; seine Finger finden in ihren Schoß zurück, stoßen tief in die Spalte. Es tut etwas weh, doch gleichzeitig klammern ihre Muskeln sich an ihm fest, als wollten sie ihn noch tiefer ziehen, als wollten sie ihn nie wieder gehen lassen. Das ist es, was sie sich ersehnt. Alles in ihr lechzt danach, dass er endlich in sie kommt, dass er sie ausfüllt. Doch er will erst mit ihr spielen und lässt sie nicht los. Er bewegt seine Finger in ihr, weitet sie, und Shahira keucht atemlos und ringt nach Luft.

Sie spürt das mittlerweile vertraute Verlangen in sich aufsteigen, aber sie ist machtlos. Ihr bliebt nur, ihm nachzugeben und ihn gewähren zu lassen. Er treibt sie in immer größere Höhen, streichelt sie, reizt ihre Klitoris und trinkt ihre Laute der Lust durch sein Tuch hindurch.

Auch in ihrem Traum trägt er den Schal, und sie sieht nur seine blauen Augen, die sie an den Himmel kurz vor dem Morgengrauen erinnern – ein verhangenes Blau, in dem sie die ersten Splitter des Azurhimmels sehen kann.

Die Lust wird übermächtig, und Shahira kann sich nicht weiter wehren. Sie krallt sich fester in seine Haut, die gezeichnet ist von den fremden Symbolen, und schreit gegen das Tuch, schreit ihre Lust und ihr Verlangen hinaus.

Er hält sie fest, bis das Nachglühen einsetzt, aber Shahira

will nicht ruhen. Sie sieht ihn an und sieht Verwunderung in seinen Augen.

Er legt sich neben sie auf den Rücken, und Shahira kniet sich zwischen seine Beine. Unter dem Stoff seiner Hose erkennt sie die Beule seines Geschlechts, und sie will ihn endlich kosten, so wie er sie gekostet hat.

Shahira öffnet seine Hose. Unterhalb seines Bauchnabels und der haarlosen Brust verläuft ein schmaler Streifen aus schwarzem Haar, der geradewegs zu seinem Geschlecht führt und sich kurz davor mit einem dichteren Schopf kurz geschorener schwarzer Haare vereinigt. Daraus ragt sein Geschlecht hervor, lang, dick und hart, mit einer prallen Spitze, deren Farbe der von Purpur ähnelt. Shahira will es kosten, will es erkunden, und sie senkt den Kopf, um die Lippen um die Spitze zu legen.

Der Djinn keucht laut auf, und seine Hand verirrt sich in ihr langes Haar. Er packt sie, hält sie aber nicht zurück. Neugierig geworden leckt sie mit der Zungenspitze über die Eichel. Wieder stöhnt er, und das ermutigt sie. Shahira fährt mit der Zungenspitze durch den kleinen Schlitz, kostet seinen Geschmack. Es schmeckt nicht unangenehm, eher anregend, und sie will mehr davon. Gierig schiebt sich ihr Mund tiefer über sein Glied und probiert aus, wie tief sie ihn aufnehmen kann.

Seine Eichel stößt gegen ihre Kehle, und hastig zieht sie sich zurück, um nicht würgen zu müssen. Sie erinnert sich, wie er ihre Hand auf und ab bewegt hat und versucht, dies mit ihrem Mund zu tun. Der Djinn gibt einen rauen Laut von sich und packt eine Strähne ihres Haares fester. Sie genießt es, dass er beginnt, die Beherrschung über sich zu verlieren. Mit jedem Strich ihrer Lippen, mit jedem Schlag ihrer Zunge gewinnt sie mehr Kontrolle über ihn.

Ihre Hände, die bisher auf seinen Oberschenkeln lagen,

wandern höher, um den Ansatz seines Schaftes zu bearbeiten. Eine von ihnen verirrt sich in das dichte Haar und findet seine Hoden. Sie kitzelt sie sacht, streichelt sie behutsam und saugt an seiner Eichel.

Der Djinn gibt einen unterdrückten Schrei von sich. Seine Hände liegen nun auf ihrem Kopf, drücken sie tiefer, doch sie wehrt sich, will selbst bestimmen, wie tief sie ihn aufnimmt. Er knurrt wie ein Tier, aber sie lässt sich nicht einschüchtern. Das Tempo zu bestimmen liegt allein bei ihr.

Doch sie will ihn nicht quälen. Sie will den Genuss für ihn verlängern, wie auch für sich selbst. Er soll die gleiche Lust erfahren, die er auch ihr geschenkt hat – und sie hat Erfolg. Schon bald verkrampft er sich unter ihr, seine Lenden bewegen sich fieberhaft und schieben ihn tiefer zwischen ihre Lippen. Die Hoden ziehen sich zusammen, und mit einem Mal …

Shahira kam und presste die Zähne so fest aufeinander, dass es knirschte. Die Felsbrocken verschwammen vor ihren Augen, und ihr Körper spannte sich an, bis er vollkommen erschlaffte und sie erschöpft und müde gegen den Stein sank. Sie schloss die Augen und versuchte wieder zu Atem zu kommen. Sie hatte nicht gewusst, dass sie sich selbst solche Lust schenken konnte, aber es war fast so gut gewesen, wie die Zeit mit ihrem Djinn. Dennoch konnte sie nicht leugnen, dass ihr etwas fehlte. Sie spürte ein seltsames Begehren, das ihre eigenen Hände nicht stillen konnten. Als würde etwas Wichtiges fehlen.

Seufzend goss sie etwas Wasser in ihre Hände und säuberte sich von den Spuren ihrer Lust. Es wurde Zeit, nach Hause zurückzukehren.

Unerwartete Gäste

Eine Woche war vergangen, seit der Djinn zuletzt bei ihr gewesen war. Seitdem hatte sie ihn nicht wiedergesehen. Fast jede Nacht berührte sie sich selbst, doch auch wenn ihr Körper dadurch Befriedigung erlangte, wurde das seltsame Sehnen in ihrem Herzen immer größer, und es gab nichts, was sie dagegen tun konnte.

Das Schlimmste war, dass sie sich niemandem anvertrauen konnte. Kalir war zu sehr mit ihrer bevorstehenden Hochzeit beschäftigt, und selbst wenn Shahira den Mut aufgebracht hätte, ihr davon zu erzählen, so hätte Kalir sie wahrscheinlich zum Mullah gezerrt, um ihr den Dämon austreiben zu lassen.

Vielleicht hätte sie damit sogar recht, aber Shahira brachte es nicht über sich, selbst den Geistlichen aufzusuchen, um sich heilen zu lassen. Sie konnte einfach nicht von sich oder dem Djinn lassen. Wahrscheinlich war dies auch der Grund, warum sie niemals heiraten würde. Sie war eine schlechte Frau, die sich von der Dunkelheit hatte verführen lassen.

Es nützte alles nicht. Sie konnte den Djinn nicht vergessen, doch er blieb fort und suchte sie nicht wieder auf. Shahira beschloss, Kalir bei den Vorbereitungen zu helfen, um sich abzulenken, und es gelang ihr auch, bis auf die Nächte, in denen sie stundenlang wach lag, nur um gen Morgengrauen in einen unruhigen Schlaf zu fallen, in dem sie nur von einem träumte.

Am Tag von Kalirs Hochzeit versuchte Shahira, sich für

ihre Freundin zu freuen, doch schon während der Zeremonie spürte sie immer deutlicher, was die Zukunft ihrer Freundin bringen würde. Shahira sah darin kein Glück, und das Wissen machte ihr Herz schwer.

Nach dem Essen, als die Bäuche voll waren und der Alkohol trotz des Verbots des Propheten reichlich geflossen war, zog Kalir Shahira beiseite.

»Mach mir ein Geschenk zur Hochzeit.«

Shahira, die selbst auch einen Schluck Wein getrunken hatte, blinzelte überrascht. »Was könnte ich dir schenken, das du nicht schon hast?«, fragte sie nicht unfreundlich.

Kalir senkte verschwörerisch die Stimme. »Tanz für mich.«

Shahira wurde schlagartig völlig nüchtern. »Vor dir?«

»Vor allen. Du tanzt wunderbar, und ich habe Anousch versprochen, dass du für uns tanzen würdest.«

»Kalir, du kannst so etwas nicht versprechen, ohne mich zu fragen! Wir beide haben immer gemeinsam getanzt, aber doch immer nur zum Spaß, niemals für andere.«

Kalir grinste so breit, bis die Grübchen in ihrem Gesicht fast verschwanden, und hätte Shahira es nicht besser gewusst, fast hätte sie geglaubt, es wären böse Absichten, die Kalir da hegte. »Du kannst mir diese Bitte nicht abschlagen, Shahira. Nur einen Tanz, bitte.«

Unsicher sah Shahira in den Nebenraum, in dem die Männer noch immer lachten und feierten. Die Frauen, bis auf einige wenige, feierten im Nebenraum, allein und ohne Männer.

Und sie sollte nun, an der Seite der Braut, in den Hochzeitsraum und dort tanzen.

Shahira warf Kalir einen weiteren Blick zu, doch die Freundin war unerbittlich. Auffordernd grinsend deutete sie mit der Hand in Richtung des Hochzeitsraums und schwenkte die Hüften.

Mit einem leisen Seufzen schob Shahira die Tür auf und trat in den Raum. Die Männer bemerkten ihre Anwesenheit, und langsam wurde es still. Shahira fühlte sich wie auf einem Präsentierteller, und sie spürte Röte in ihr Gesicht aufsteigen. Kalir, die sich wie ein Kobold hinter ihr hereinschob, zwinkerte Anousch zu, der in der Mitte der U-förmig aufgestellten Bänke saß. Der dürre Mann schien erst nicht zu verstehen, was seine Frau ihm sagen wollte, doch als Shahira den Musikern in der Ecke des Raumes zunickte, hellte sich sein Gesicht auf.

Der Mann an der Trommel verstand schneller. Er begann, einen langsamen, gemächlichen Rhythmus auf der Trommel zu schlagen, in den Zimbeln, Schellen und die Kürbisflöte einstimmten. Mit jedem neuen Instrument wurde der Rhythmus schneller.

Shahira ließ sich Zeit, damit die Musik auf sie wirken konnte. Sie tanzte gerne, aber niemals vor Publikum. Ihr Vater sah es nicht gerne. Er sagte, dass Frauen, die tanzten, nicht viel besser als Huren wären, und kein Mann würde eine solche Frau heiraten wollen. Sie war froh, dass er und ihre Mutter schon früh die Hochzeit verlassen hatten, weil ihr Vater sich unwohl gefühlt hatte.

Den Blicken der Männer um sich konnte sie aber entnehmen, dass nicht alle die Meinung ihres Vaters teilten. Mehr als ein Mann beobachtete sie genau und wartete gespannt darauf, dass sie endlich beginnen würde.

Shahira atmete tief ein. Sie schloss die Augen und lauschte der Musik, deren Takt nun ebenso schnell schlug, wie ihr rasendes Herz. Sie hörte genau hin, ließ die einzelnen Töne in ihren Körper und jede einzelne Gliedmaße gleiten. Ihre Hüften folgten dem schnellen Klang der Trommel. Zustimmendes Klatschen und laute Rufen ertönten, als Shahira endlich zu tanzen begann. Sie ließ zu, dass das Hier und Jetzt in den

Hintergrund trat und nur noch die Musik zählte. Sie drehte sich, ließ ihre Hüften kreisen und erzählte mit den Bewegungen ihrer Hände eine Geschichte von Leidenschaft, Sehnsucht und Verrat.

Immer wilder wurde die Musik, immer schneller wirbelte Shahira durch den Raum, drehte und bog ihren Körper zur Musik. Das Schlagen der Trommel wurde zu ihrem eigenen Rhythmus, sie atmete und existierte nur noch in diesem Klang, und das ganze Leben tanzte mit ihr.

Shahira verlor sich mehr und mehr in der Trance der Töne, und erst als die Musik mit einem letzten Schlag verstummte, kam sie wieder zu sich.

Bei der anschließenden Feier half sie beim Auftragen der Gerichte für die Männer, zog sich anschließend aber nicht zur gemeinsamen Feier mit den Frauen zurück. Sie brauchte Luft und Zeit zum Nachdenken – so ging es nicht weiter.

Die Nachtluft war zum ersten Mal seit Wochen kühl. Der Winter kündigte sich an und würde bald über das Land kommen. Shahira wickelte ihr Tuch fester um sich und sah zum Mond hinauf. Er war fast voll, bald würde er seine volle Form erreicht haben, und dann war es genau einen Mondlauf her, dass der Djinn sie das erste Mal aufgesucht hatte. Die unsichtbaren Male, die seine Berührungen hinterlassen hatten, brannten noch immer auf ihrer Haut und fesselten sie auf eine Weise, die sie so nie gekannt hatte.

Was aber blieb ihr? Sie konnte die Fesseln nicht lösen, und sie konnte ihn nicht vergessen. Wenn sie im Dorf bliebe, würde die Erinnerung zum Gift werden, das sich in ihre Seele brannte. Auf diese Weise konnte sie nicht glücklich werden. Aber das Dorf verlassen?

Shahira seufzte. Als Frau, ohne Mann, würde sie auf den Straßen des Landes nicht lange überleben. Im Dorf war es sicher. Das dachte sie zumindest.

Aus der Dunkelheit schälten sich mehrere Gestalten, die sich, aufeinander gestützt oder allein, in das Dorf schleppten. Shahira bekam große Augen und lief ins Haus zurück. »Fremde!«, rief sie aufgeregt, und sofort verstummten das ausgelassene Lachen und die Gespräche der Hochzeitsgäste. Sowohl Männer als auch Frauen strömten aus dem schmalen Gebäude, denn Fremde waren die Menschen im Dorf nicht gewohnt. Die nächste Stadt war Isfahan, die Stadt des Kalifen im Norden, und eine Reise dorthin, ohne triftigen Grund, war ein Ding der Unmöglichkeit.

Shahira spürte Kalirs Hand, die sich um ihren Arm klammerte. »Was ist das?«, fragte sie ängstlich, doch Shahira wusste darauf selbst keine Antwort. Sie zog Kalir mit sich hinter den anderen her, die sich vorsichtig dem kleinen Trupp näherten. Er bestand aus sieben Männern, die teilweise bluteten. Ihre Kleidung hing in Fetzen, und sie wirkten erschöpft. Kalirs Mutter lief vor und wurde von ihrem Mann gleich wieder zurückgehalten. »Du weißt nicht, woher sie kommen«, zischte er, doch sie machte sich von ihm los. »Sie wurden überfallen, siehst du das denn nicht, du alter Esel?!«

Sie lief wieder voraus und stützte den Mann, der direkt vorneweg ging. Erleichtert stützte er sich auf die Schultern der ausladenden Frau. »Im Namen Gottes, ich danke dir«, krächzte er, und als wäre damit ein Bann gebrochen, lösten sich weitere Leute aus der Hochzeitsgesellschaft und boten den Männern ihre Hilfe an.

Man brachte sie in die Küche des Hauses und gab ihnen

Wasser und Essen. Einige Männer ließen hastig die Weinvorräte verschwinden. Shahira ging mit Kalir in die Küche, um die Männer zu versorgen. Einer von ihnen benötigte Hilfe, da er zahlreiche Wunden am Körper trug, doch da es keinen Medicus gab, musste einer der Schafhirten helfen, der sich zumindest mit der Wundversorgung bei den Schafen auskannte.

Shahira nahm eine Schale mit Wasser und kniete sich zu einem anderen Mann, der am Boden saß und die Notversorgung der Wunde beobachtete. »Ihr solltet trinken, Sajidi«, sagte sie leise.

Durch ihre Stimme wurde er auf sie aufmerksam; er wandte ihr den Kopf zu, und ein wenig erschrocken bemerkte Shahira ein Tuch, das er über das linke Auge geschlungen hatte, und alte Narben, die unter den Rändern des Tuches hervorlugten. Sie bemühte sich, sich nichts anmerken zu lassen, und reichte ihm die Schale. Der Mann nahm sie dankend entgegen, und aus den Augenwinkeln musterte Shahira ihn. Er wirkte noch nicht alt, doch seine Haut war dunkel und sonnengegerbt. Ein Zeichen von vielen Reisen durch die Wüste. Sein Haar war hell, fast wie Gold, und Shahira war sich nicht sicher, ob er es nicht mit Kamelurin bleichte. Zumindest roch er nicht so. Doch niemand, den sie kannte, hatte von Natur aus solche Haare.

Er leerte die Schale mit einem Zug und gab sie Shahira zurück. Sein zerrissenes Hemd klaffte auseinander, und sie glaubte, eine dunkle Wunde auf seiner Brust zu erkennen. Instinktiv streckte sie die Hand danach aus. »Muss eure Wunde nicht auch versorgt werden?«, fragte sie, doch der Mann zuckte zurück und schloss hastig sein Hemd. »Nein. Aber mehr Wasser, Mädchen.«

Sie nickte und beeilte sich, seinem Wunsch nachzukommen. Etwas an diesem Mann bereitete ihr Unbehagen. Sein gesundes Auge glitt immer wieder wachsam durch den Raum, und sie war sich sicher, dass er sie musterte, wenn sie nicht hinsah. Rasch brachte sie ihm eine neue Schale Wasser und ging, um den Frauen dabei zu helfen, die anderen Männer zu versorgen.

Am nächsten Morgen traf Shahira wieder auf Kalir, die eifrig damit beschäftigt war, am Brunnen Wasser zu holen. Die junge Braut sah alles andere als glücklich aus. »Warum das lange Gesicht?«, begrüßte Shahira sie und stellte ihren Krug auf den Rand des Brunnens. Kalirs Miene verfinsterte sich, und sie ließ den Beutel aus Schafsleder an seinem Seil in den Brunnen hinunter. Mit einem lauten Platschen traf er auf die Wasseroberfläche.

»Kalir«, sagte Shahira sanft, und ihre Freundin hob den Kopf. Tränen der Wut schimmerten in ihren Augen. »Diese verdammten Reisenden«, schimpfte sie lautstark und stampfte sogar mit dem Fuß auf. »Die ganze Nacht hat die Schwiegermutter mich gescheucht, um für sie zu sorgen. An Schlaf war nicht zu denken, und an eine Hochzeitsnacht schon gar nicht.«

Die mühsam zurückgehaltenen Tränen hielten ihren Worten nicht stand, und sie sank auf den Brunnenrand. Leise setzte Shahira sich zu ihr und legte den Arm um die bebenden Schultern der Freundin. »Hat Anousch nichts dazu zu sagen?«

»Er … er sagt nie etwas gegen seine Mutter«, schniefte Kalir. »Er stand einfach da und hat mit den Schultern gezuckt, während sie geschrien und geschimpft hat.«

Shahira seufzte lautlos. Sie hatte geahnt, dass es Schwierigkeiten geben würde, aber dass es schon jetzt soweit war, überraschte selbst sie. »Es ist nur die erste Nacht. Diese Fremden haben alles durcheinandergebracht, aber das wird besser werden«, sagte sie und hoffte, dass sie nicht log.

Kalir schüttelte nur den Kopf und schniefte. »Sie sollen gehen.«

»Das werden sie sicher bald. Kann der Verletzte sich denn wieder bewegen?«

»Ja«, erwiderte Kalir. »Aber es wird noch einige Tage dauern, bis er und die anderen wieder reisen können.« Sie schmollte; diese Tatsache schien ihr ganz und gar nicht zu gefallen.

»Woher kommen sie eigentlich?«, hakte Shahira neugierig nach. Kalir seufzte. »Anouschs Vater hat mit ihrem Anführer gesprochen, diesem gruseligen Mann mit der Augenbinde. Ich habe ein wenig gelauscht – offensichtlich haben sie eine kleine Karawane durch die Wüste geführt und wurden dann in der Nähe des Dorfes von Räubern überfallen. Sie haben ihnen alle Kamele und Waren abgenommen, und sie können von Glück sagen, dass sie mit dem Leben davongekommen sind.«

»Und sie wollen bald weiter? Wohin?«

Kalir schnaubte. »Isfahan natürlich. Wohin sonst? Unser winziges Dorf etwa?«

Shahira musste ein wenig grinsen. »Wieso nicht?«

Kalir sah sie fassungslos an – und begann dann so schallend zu lachen, dass ihr mächtiger Busen auf und ab wippte. »Ach, wäre das schön«, japste sie und wischte sich über die Augen.

Ihre Freundin bückte sich nach dem Wasserbeutel und half Kalir dann, die Wasserkrüge zu füllen.

Am nächsten Abend besuchte Kalirs Vater Kemal Shahiras Haus. Er begrüßte ihre Mutter und dann Alim, Shahiras Vater, mit respektvoll geneigtem Kopf. Shahiras Vater war einer der Ältesten im Dorf und wurde meist um Rat gefragt, wenn es Sorgen gab. Kemals Gesicht sah so aus, als wäre genau das der Grund seines Besuchs. Er setzte sich auf den Boden, Alim gegenüber, und Shahiras Mutter brachte ihnen ein Tablett mit Datteln und Nüssen.

Shahira folgte ihr mit zwei gläsernen Bechern und einer bauchigen Kanne voller Tee, aus dem sie beiden Männern eingoss. Als sie fertig war, strich ihr Vater ihr dankend über das Haar, und Shahira entfernte sich. Diese kurze Geste war einer der Gründe, warum sie ihre Eltern und ihren Vater so sehr liebte.

Gemeinsam mit ihrer Mutter setzte sie sich in die angrenzende Küche und half ihr dabei, die Hirse von den Hülsen zu brechen. Eine Tätigkeit, die nicht viel Konzentration erforderte. Ihre Mutter schien vollauf darauf konzentriert zu sein, doch Shahira begann bald, sich zu langweilen. Unauffällig lehnte sie sich zurück; sie saß nah am Türrahmen und konnte auf diese Weise fast jedes Wort hören, das im angrenzenden Zimmer gesprochen wurde.

»... ist mir nicht geheuer«, sagte Kemal in diesem Moment. Alim brummte leise.

»Der Überfall geschah zu nah am Dorf. Was, wenn wir als Nächstes dran sind? Banditen machen keinen Unterschied, ob sie eine Karawane oder ein Dorf überfallen. Und wir können einen solchen Überfall nicht verkraften – der Erlös dieses Jahres reicht kaum, um uns durch den Winter zu bringen.«

Alim brummte wieder. »Wir hatten bisher nichts von Banditen zu fürchten.«

»Weil Kalif Sinan früher für die Sicherheit der Karawanenstraßen gesorgt hat. Doch diese Zeiten sind vorbei – der Kalif ist alt und müde geworden. Er verlässt seinen Palast nicht mehr, und niemand bekommt ihn mehr zu Gesicht. Man munkelt sogar, dass er von einer Krankheit befallen ist und sein Gesicht so entstellt wurde, dass er eine Maske tragen muss.«

»Bah, Gewäsch«, erwiderte Alim. »Es ist wahr, dass die Straßen früher sicher waren, aber Sinans Truppen waren nicht zahlreicher als heute auch. Es ist die Zahl der Banditen, die größer geworden ist. Sie dringen immer weiter ins Landesinnere vor, weil die abgelegenen Gebiete des Reiches der Bruderschaft der Namenlosen gehören. Sie plündern und rauben, wie es ihnen gefällt, und wir armen Bauern am Rand der Wüste können sehen, wo wir bleiben.«

»Sei still – wir sollten nicht von diesen Verbrechern reden!«, fuhr Kemal ihm ins Wort, und Shahira spürte einen kalten Schauder über ihren Rücken fahren.

Alim brummte zustimmend. »So oder so müssen wir Vorsicht walten lassen. Aber wir sind keine Krieger und besitzen keine Waffen.«

»Das lässt sich ändern«, sagte Kemal. »Lass mich nur machen. Ich besorge Waffen und jemanden, der unseren Schafhirten zeigen kann, wie man damit umgeht.«

»Sie sind genau das – Schafhirten, keine Krieger. Selbst wenn wir ihnen Schwerter in die Hand geben und sie damit trainieren lassen, werden sie doch immer Schafhirten bleiben.«

»Was also schlägst du vor?«

»Ich werde darüber nachdenken. Sobald mir eine Lösung eingefallen ist, werde ich es dich wissen lassen.«

Diesmal war es Kemal, der brummte. Sie hörte, wie er aufstand und nach einer kurzen Verabschiedung verschwand.

In der folgenden Nacht saß Shahira an ihrem Fenster und sah zu den nahen Bergen und der Wüste dahinter. Die Hoffnung, dass ihr Djinn zu ihr kommen würde, hatte sie schon fast begraben, aber diesmal war auch nicht er der Grund, warum sie dorthinaus sah. Die Bruderschaft der Namenlosen. Kemal hatte offensichtlich Angst vor ihnen; ein Schrecken, schlimmer noch als die Banditen, vor denen auch Shahira sich fürchtete. Doch was mochte einem gestandenen Mann wie Kemal so erschreckt haben, dass er sich nicht einmal traute, darüber zu reden? Und was war mit dem Mann mit dem fehlenden Auge? Shahira konnte einfach nicht ignorieren, dass etwas an ihm ihr eine Gänsehaut über den Rücken jagte.

Sie schauderte. Bisher hatte die Nacht niemals so bedrohlich auf sie gewirkt. Dort draußen gab es plötzlich Namenlose, Nachtgeister und Banditen, so viele Schrecken, die sie nicht näher beschreiben konnte. Shahira seufzte und schloss die Läden ihres Fensters. Mit einem Mal konnten sie nicht fest genug verschlossen sein, und sie kroch in ihr Bett, um sich die Decke bis über den Kopf zu ziehen. Sie schloss fest die Augen und versuchte zu schlafen, und wie immer blieb er ihr fern, und sie blieb allein mit ihren Gedanken.

Plötzlich hörte sie ein Geräusch. Es war kaum zu hören, aber sie kannte alle Geräusche rund um ihr Elternhaus und schreckte auf. Sie schob die Decke zur Seite und schlüpfte so leise wie möglich aus ihrem Bett. Vorsichtig, damit die Bodendielen nicht knarrten, schlich sie ans Fenster und drückte sich neben dem geschlossenen Fenster an die Wand. Durch die Ritzen in den Fensterläden konnte sie nach draußen sehen. Der Mond beschien das Feld vor ihrem Fenster, und Shahira sah einen Mann umherschleichen. Er sah sich um und blickte dann hinauf zu ihrem Fenster. Sie erkannte ihn – es war einer der Männer, die von den Banditen überfallen worden waren. Shahira hockte sich hin, aus Angst, dass er sie doch auf irgendeine Weise gesehen haben mochte, auch wenn das durch die Wand und den Fensterladen unmöglich war.

Sie wartete atemlos und lauschte auf die nächtlichen Geräusche. Lange Zeit blieb es still, doch dann hörte sie, wie er sich entfernte.

Shahira sackte in sich zusammen und lehnte den Hinterkopf mit geschlossenen Augen gegen die Wand. Deshalb hörte sie ihn nicht kommen. Erst als er ihre Oberarme packte und sie auf die Füße zog, riss die Augen auf. Seine Augen waren noch immer blau wie der Himmel zur Mittagszeit, und sie fixierten die ihren mit einer Intensität, die ihr die Knie schwach werden ließ. Sie wusste nicht, ob sie vor Schreck schreien oder ihm freudig in die Arme fallen wollte, doch er kam ihr zuvor. Er schob sie zum Bett und drückte sie darauf, ehe er zurück zum Fenster schlich. Dabei fluchte er leise. Eine geraume Zeit verharrte er neben dem Fenster, sah durch einen der Schlitze und verschmolz regelrecht mit den Schatten. Er war lautlos und ohne dass sie es bemerkt hatte in ihr Zimmer eingedrungen, doch schien sie diesmal nicht der Grund zu sein, weswegen er hier war.

Die Zeit dehnte sich, und endlich kehrte er zum Bett zurück und kniete sich über sie. Der Dolch glänzte bedrohlich an seiner Hüfte, und der Djinn bemerkte Shahiras Blick darauf. »Ich sollte ihn endlich benutzen«, murmelte er, und sie war sich sicher, dass er nicht mit ihr sprach, sondern mit sich selbst rang. »Ich sollte es zu Ende bringen und die Sache erledigen. Warum lässt du mich nicht, verdammtes Weib?«

Sie zuckte zusammen und starrte ihn mit großen Augen an. Er beugte sich zu ihr, fasste eine Strähne ihres offenen

Haares und musterte sie. »Warum lässt du mich nicht aus deinem Bann? Du stürzt dich selbst ins Unglück und reißt mich mit.«

Seine Stimme war kaum mehr als ein Flüstern, heiser und rau, als hätte er lange nicht mehr gesprochen. Shahira schluckte. »Wie kann ich dich vor Unglück bewahren, schöner Djinn?«, fragte sie. Er lachte bitter auf. »Nur durch deinen Tod.«

Shahira spürte einen Stich in ihrem Herzen. »Dann gebe ich dir, was du brauchst.«

Seine Augen weiteten sich, als er verstand, was sie sagte. »Du würdest dich für mich opfern?«

»Unter einer Bedingung – du verbringst die Nacht mit mir.«

Er wich zurück, als hätte er sich verbrannt. »Das kannst du nicht ernst meinen.«

Sie setzte sich auf und kniete sich auf das Bett. »Verbring die Nacht mit mir, schöner Djinn, und ich verspreche dir, dass du mein Leben nehmen kannst.«

Ungläubig schüttelte er den Kopf. Dann aber griff er nach dem Dolch und zog ihn aus der Scheide. Die leicht gebogene Klinge fing einen Tropfen Mondlicht, das zwischen den Spalten der Fensterläden hindurchdrang, und er perlte glänzend über die scharfe Schneide, ehe er von der Spitze tropfte. Shahira sah sich ihrem Tod gegenüber und verspürte zu ihrer eigenen Überraschung keine Angst. Sie hatte geahnt, dass ein Wiedersehen mit ihm einen solchen Preis hätte. Schon in der ersten Nacht hatte er ihr gedroht, sie zu töten. Sie wusste nicht, wieso ihm so viel an ihrem Tod gelegen war, doch mittlerweile spielte es keine Rolle mehr. Er hatte sie bereits vergiftet, und sie konnte ihr eigenes Sterben nur noch so süß gestalten wie möglich.

Eine Nacht – das war alles, was sie von ihm wollte, eine letzte Erinnerung, die sie ins Jenseits mitnehmen konnte.

Er ließ die Klinge sinken und legte den Dolch neben das Kopfkissen. Sein Blick fand ihren, und ihr stockte der Atem. Zum ersten Mal sah sie so große Trauer in seinen Augen, dass es ihr schier das Herz zerriss. Sie umfasste sein Gesicht mit beiden Händen und zog ihn näher.

Fast zögerlich folgte er ihren Bewegungen und beugte sich über sie. Shahira küsste ihn durch den Stoff seines Schals hindurch und ahnte, wie weich seine Lippen sein mussten. Er ließ sie gewähren, kam ihr aber nicht entgegen.

Sie versuchte es noch einmal mit einem Kuss, und diesmal brach der Damm; er riss sie an sich, presste seine Lippen auf ihre, und sie spürte seinen Körper hart an ihrem. Ihre Brustwarzen stellten sich allein durch diese Berührung auf und rieben aufreizend über seine nackte Brust, durch den Stoff ihres Schlafhemdes hindurch.

Shahira seufzte und klammerte sich an ihn. »Ich habe davon geträumt. Dass du noch einmal zu mir kommst und ich dich berühren darf.«

Der Djinn antwortete nicht, doch sein Griff wurde fester, und er vergrub sein Gesicht an ihrem Hals. Shahira zitterte und fuhr mit den Händen über seinen Rücken. Seine Haut war wie die Sonnenhitze in der Mittagszeit, und auch sein Atem war der eines Drachen. Sie schauderte, als ihre kühle Haut auf seine traf.

Er streichelte ihren Rücken mit einem Hunger, der sie überraschte. Seine Finger fuhren unter die Schultern ihres leichten Hemdes, das sie zum Schlafen trug, und streiften es ihr bis auf die Hüfte hinab. Shahira fröstelte und überkreuzte die Arme vor der nackten Brust.

Doch der Djinn hatte keine Geduld für solche Spiele. Er

fasste ihre Handgelenke und zog sie auseinander. Seine Hände fanden ihre Brüste und verwöhnten die steifen Brustwarzen, bis sie leise stöhnte. Sie verlor alle Kraft durch seine Berührung, aber sie wusste, dass er sie auffangen würde.

Keuchend sank sie auf den Rücken und ließ zu, dass er ihr das Hemd über die Hüften zog. Vollkommen nackt lag sie vor ihm, ungeschützt vor seinen Blicken. Das Wissen erregte sie, auch wenn sie ihre Scham nicht ganz abschütteln konnte.

Er kniete noch immer über ihr, und seine Blicke taten, was seine Hände tun sollten. Sie konnte regelrecht fühlen, wie seine Augen sie streichelten, über die Kuhle ihres Bauchnabels wanderten und die Tiefe zwischen ihren Schenkeln ausloteten. Er hatte sie bereits dort berührt, und der bloße Anblick reichte aus, um ihn hart werden zu lassen.

Shahira sah auf die Ausbuchtung seiner Hose und musste an ihren Wachtraum denken, in dem sie ihn mit dem Mund verwöhnt hatte. Würde er es wieder tun? Und würde sie die Gelegenheit bekommen, ihren Wunsch in die Tat umzusetzen?

Das Wissen, dass sie im Morgengrauen tot sein würde, fegte ihre Hemmungen beiseite. Sie streckte die Hand aus und ließ sie zwischen seinen Beinen ruhen. Es überraschte ihn, aber er wich nicht zurück. »Shahira«, murmelte er, und sie richtete sich auf. Bevor er wusste, was sie vorhatte, hatte sie sich über seinen Schoß gebeugt und begann ihn durch seine Hose hindurch mit dem Mund zu liebkosen.

Sein raues Knurren machte sie nass wie nie zuvor, und mutiger geworden, öffnete sie seine Hose. Er hielt sie nicht zurück, sondern half ihr dabei, den Verschluss zu lösen, bis seine Erektion stolz aus dem schwarzen Stoff aufragte.

Er war größer als in ihrer Vorstellung, mit einer prallen

roten Spitze und kleinen Äderchen auf dem Schaft. Doch das Haar war ähnlich, wie sie es sich erträumt hatte, und neugierig geworden nahm sie seine Eichel in ihren Mund. Er gab einen gepressten Laut von sich und legte die Hand auf ihren Kopf. Shahira glaubte, dass er sie tiefer drücken wollte, doch er streichelte nur ihr Haar, krallte die Finger hinein, wenn die Liebkosungen ihres Mundes zu intensiv für ihn wurden.

Sie ließ ihre Zunge um die Spitze kreisen und senkte den Mund herab. Viel zu früh stieß er an ihre Kehle, und sie musste ein Würgen unterdrücken. Rasch zog sie sich zurück und rang nach Luft, ehe sie den Kopf wieder auf ihn sinken ließ.

Das war der Beweis – sie war eine besudelte Frau, die sich vollkommen den Geistern der Nacht ergeben hatte, und es war besser, wenn sie sterben würde. Sie konnte kein Leben in der normalen Welt mehr führen, sie gehörte nicht mehr zur Welt der Menschen. Aber ein letztes Mal wollte sie genießen, was sie verdorben hatte.

Er keuchte und drückte sie abermals in seinen Schoß, diesmal jedoch sanfter, sodass sie den Druck zwar fühlte, ihn jedoch nicht bis zum Anschlag in sich führte. Seine Laute der Erregung entlockten ihr ein Wimmern. Überraschend packte er ihr Haar und riss sie zurück.

Shahira sah ihn mit großen Augen an, und sie hörte jemanden knurren. Es dauerte einen Moment, ehe sie begriff, dass der Laut der Frustration aus ihrer eigenen Kehle gekommen war.

Die Augen des Djinns verengten sich, als würde er lächeln, doch es dauerte nur Sekunden, ehe er sie rücklings auf das Bett drückte und sich zwischen ihre gespreizten Schenkel legte. Shahira lag unter ihm und versuchte ruckartig die Beine zusammenzupressen, als sie verstand, was er vorhatte, doch da war es schon zu spät. Er schob zwei Finger in ihre Scham und spreizte sie. Shahira wimmerte und bebte, doch er hielt sie unerbittlich fest. Seine Finger fanden ihre Perle und spielten mit ihr, bis die Angst kaum noch zu hören war und die Lust wieder die Gewalt über ihren Körper gewann.

Der Djinn beobachtete, wie sie sich wand, und der Effekt ragte nur zu deutlich zwischen seinen Schenkeln empor.

Je nasser Shahira wurde, umso größer wurde die Sehnsucht, dass er näher zu ihr kam, dass ihre Vereinigung stattfinde, auch wenn sie ihre Angst nicht ganz vergessen konnte. Er wirkte so hart, und sie wusste jetzt genau, wie empfindlich der Bereich zwischen ihren Schenkeln war. Er wollte und er würde sich nehmen, was er so intensiv vorbereitete. Und Shahira spürte immer deutlicher, dass auch sie es wollte, dass nichts anderes in ihrem Leben mehr zählte. Jeder Atemzug, den sie machte, galt nur ihm.

Mit einer einzigen geschmeidigen Bewegung schob er sich in sie, ohne jede Vorwarnung. Doch Shahira spürte den ersten Schmerz nicht, denn der Djinn beugte den Kopf und biss sie so fest in die Halsbeuge, dass sie nur noch diesen Schmerz spürte. Sie schrie auf, krallte sich an ihm fest, um seinen Zähnen zu entkommen, doch es war nicht mehr nötig. Er löste seinen Biss, und sie konnte zum ersten Mal bewusst spüren, dass er in ihr war.

Der Djinn hielt still, und auch sie bewegte sich nicht. Mit seinem Blick hielt er ihren fest, aber Shahira sah nichts. Alles was sie in diesem Moment konnte, war fühlen. Seine harte Männlichkeit in ihr war noch heißer als sie es sich erträumt hatte und unglaublich hart. Er füllte sie aus, war tief in ihr, und alles, was an sein erstes Eindringen erinnerte, war ein Brennen, das jedoch schnell in dem wohligen Gefühl seiner harten Erektion unterging. Shahira schmiegte sich an ihn und keuchte. Sie waren ineinander verschlungen, untrennbar und so nah, wie sie es sich niemals hätte vorstellen können.

Er hielt still, nur sein Glied zuckte manchmal zwischen ihren Beinen. Sie war ihm dankbar dafür, denn so konnte sie sich an dieses fremde Glied in sich gewöhnen, seine Größe und Härte erfassen. Das leise Brennen klang langsam ab, und Shahiras Finger lösten sich von seiner Haut. Doch er hielt sie noch immer fest. Als ihr Atem sich langsam beruhigte, begann er sich zu bewegen.

Der erste Stoß ließ Blitze vor Shahiras Augen aufleuchten, und sie keuchte. Die Welt verlor mit jedem weiteren Stoß ihren Halt, und sie öffnete den Mund zu einem rauen Schrei, der durch den Mund des Djinns gedämpft wurde. Für einen kurzen Moment befürchtete Shahira, dass ihre Eltern sie gehört hatten, doch im Haus blieb es still.

Der Djinn wartete nicht länger – auch wenn die ersten Stöße noch zärtlich waren, änderte sich sein Tempo bald, und er bockte immer wilder in ihr. Sein Finger blieb dabei an ihrer Perle, und sie biss die Zähne zusammen, als die Lust sie immer tiefer ins Dunkel führte. Er hielt sie fest, obwohl sie vor Erregung zuckte, und behielt seinen Rhythmus bei. Es schien, als würde er mit jedem Stoß tiefer in sie dringen, und sie ertrug es kaum noch. Shahira klammerte sich Halt suchend an ihn. Doch er bewegte sich nicht mehr. Den Kopf erhoben starrte er zum Fenster, die blauen Augen aufgerissen, wachsam wie ein aufgeschrecktes Tier. Und dann sah Shahira es auch – den flackernden Widerschein lodernder Flammen.

Abschied

Das sirrende Geräusch wirkte fremd in der Nacht, gefährlich, und Shahira duckte sich automatisch, als es über ihren Kopf zischte. Ein brennender Pfeil flog durch die Dunkelheit und landete in einem der Häuser. Sofort fing das Strohdach Feuer und brannte hell wie eine Signalleuchte. Fast das gesamte Dorf stand bereits in Flammen, und Shahira starrte fassungslos auf die brennenden Häuser, die einmal ihre Heimat gewesen waren.

»Nicht stehen bleiben«, zischte der Djinn. Er hielt sie am Arm gepackt und ließ nicht zu, dass sie sich auch nur einen Schritt von ihm entfernte. Nicht, dass sie das vorgehabt hätte. Nachdem er sie gedrängt hatte, sich anzuziehen, hatte er nicht weiter gesprochen, sondern hatte sie aus dem Haus gebracht. Sie hatte ihn angefleht, ihre Eltern mitzunehmen oder sie wenigstens zu warnen, doch er hatte nicht geantwortet und sie nur weiter gezogen.

Der Weg durch das Dorf war blockiert. Shahira sah nur noch rotes Feuer, hörte gellende Schreie in ihren Ohren, von Freunden, von Menschen, mit denen sie ihre Kindheit und ihre Jugend verbracht hatte. Die Flammen färbten den Himmel über dem Dorf rot.

Shahira glaubte erst, nicht richtig gesehen zu haben, doch dann sah sie es wieder – ein dunkler Schatten, der sich gegen die Wand eines Hauses presste. Es war das Zuhause von Murhat, dem Bäcker des Dorfes. Sein Haus hatte gerade erst

Feuer gefangen, und aus dem Innern konnte Shahira ihn brüllen hören – er trieb seine Frau und seine alte Mutter an, zu fassen, was sie kriegen könnten, und dann das Haus zu verlassen. Einen Lidschlag später stürmte Murhats massige Gestalt aus der Tür, doch er kam nicht weit – der Schatten an der Wand bewegte sich katzengewandt, etwas blitze auf und Murhat fiel, die Hände an seine aufgeschlitzte Kehle gepresst, auf die Knie. In seinen Augen lag ein glasiger Ausdruck, und in seinem Gesicht las Shahira Verwunderung.

Der Schatten stieg über den Leichnam hinweg und verschwand im Haus. Kurz darauf schrie Murhats Witwe.

Überall im Dorf konnte Shahira diese fremden Schatten erkennen. Sie wollte sich losreißen und zu ihrem Elternhaus zurückkehren, doch der Djinn legte seine Hand auf ihre Augen und hob sie auf seine Arme. »Sieh nicht hin.« Seine Stimme war schwer, rau. Shahira konnte nicht sagen, ob vor Trauer oder wegen etwas anderem. Sie wehrte sich. »Meine Eltern, bitte, sie dürfen sie nicht töten!«, flehte sie, nun blind, weil er ihre Augen nicht freigab.

Der Djinn schwieg – er schien nachzudenken. Dann jedoch bewegte er sich, und Shahira spürte, wie sie fortgetragen wurde. Sie schrie und versuchte seinem Griff zu entkommen, doch gegen seine Kraft konnte sie nichts ausrichten. Hilflos lag sie in seinen Armen, als er sie aus dem brennenden Dorf trug.

Der Morgen brach an. Die blutrote Sonne, die sich über den Horizont schob, erinnerte Shahira an die vergangene Nacht. Sie versuchte wegzusehen, doch unerbittlich schoben sich die Strahlen über das Gestein und die Felsen um Shahira herum und färbten den Sandstein rot.

Er hatte sie in der vergangenen Nacht zu den Ausläufern des nahen Gebirges gebracht und sie dort in eine der Höhlen getragen, die das Gebirge durchzogen und untereinander verbunden waren, sodass sie ein unübersichtliches Labyrinth bildeten, von dem niemand im Dorf genau wusste, wohin es führte.

Shahira zog die Beine an den Leib und verbarg ihr Gesicht an den Knien. Sie fühlte sich taub, müde und erschöpft. Asche kratzte in ihrer Lunge und beschmutzte ihren Kaftan und den Schal. Dennoch zog sie sich den Stoff über den Kopf. Sie wollte sich vor der Welt verstecken.

Es war ihre Schuld. Sie war verdorben, und weil sie dem nachgegeben hatte, hatte nun das ganze Dorf dafür büßen müssen. Kalir, ihre Eltern ...

Der Gedanke an ihren Vater und ihre Mutter schnürte ihr die Kehle zu und brach den Damm – Shahira hatte bisher nicht weinen können, doch nun liefen ihr die Tränen über die Wangen, und sie schluchzte, bis ihr die Kehle wehtat. Sie hörte erst auf, als sie Schritte hörte. Ihr Kopf ruckte hoch, und sie tastete nach dem Dolch, den der Djinn ihr überlassen hatte. Er war, nachdem sie ihn weiter angebettelt hatte, vor Morgengrauen aufgebrochen, um nach ihren Eltern zu sehen, und war seitdem noch nicht zurückgekehrt.

Erleichtert ließ Shahira den Dolch wieder sinken, als sie die bereits vertraute Silhouette erkannte. Er kam in die Höhle und kniete sich zu ihr. Shahira musste nicht hören, was er zu sagen hatte. Sie sah deutlich in seinen Augen, dass er zu spät gekommen war. Kraftlos sank Shahira gegen die Felswand und vergrub das Gesicht in ihren Händen. Sie weinte haltlos, schrie und brülle ihren Schmerz hinaus. Sie waren fort – alle waren fort. Jeder Mensch, den sie gekannt hatte, jeder Mensch, den sie geliebt hatte, lag ermordet oder verbrannt in den Trümmern ihres alten Lebens. Und es war ihre Schuld. Sie allein hatte all diese Menschen auf dem Gewissen, und jedes ausgelöschte Leben brannte sich jetzt in ihre Seele.

Die Hand des Djinns legte sich auf ihre Schulter, und er wollte sie an sich ziehen, doch sie stieß ihn weg. »Warum hast du mich nicht getötet?!«, schrie sie. »Warum hast du nicht getan, wofür du gekommen bist? Wie konntest du zulassen, dass ich mich darauf einlasse? Sie sind tot. Alle tot. Nur wegen …«

Er legte ihr die Hand auf den Mund, und sein Blick war kalt wie Eis. »Sag das nie wieder«, knurrte er, und sie wusste, er meinte es ernst. »Du bist nicht schuld an dem, was passiert ist.« Er schien fortfahren zu wollen, doch er stockte.

»Und wer dann?!«, zischte sie, zerrissen von Schmerz und Wut. »Du wolltest mich töten, aber du hast es nicht getan. Und dann sind diese Männer gekommen …« Sie stockte, als sie verstand. »Du warst es! Wegen dir habe ich alles verloren!«

Sein Schweigen wog schwer. Shahira konnte in seiner Nähe nicht mehr atmen; kurz entschlossen packte sie seinen Dolch und rannte einfach los. Er hielt sie nicht auf, aber das kümmerte sie nicht. Sie wollte nur weg von ihm, und das so weit wie möglich. Sie wusste nicht einmal, wohin sie rannte, doch ihre Füße kannten ihr Herz besser als sie selbst. Wie von allein führten sie sie zwischen den steilen Felsen hindurch und über lose Geröllwege, bis sie wieder am Rand des Dorfes stand.

Der Geruch von kaltem Rauch und Asche schwängerte die Luft. Glimmende Holzbalken knackten in der kühlen Morgenluft, und die letzten Rauchfahnen zerfaserten in den ersten Böen des Morgenwindes, der aus der Wüste heranwehte. Große Ascheflocken wirbelten durch die Luft. Shahira atmete ein und musste husten – der Gedanke, dass diese Asche nicht nur aus Holz bestand, ließ sie würgen, und sie spuckte auf den Boden neben sich, ehe sie den Schal vor ihr Gesicht band und vorsichtig den ausgetretenen Weg entlangschritt, der durch ihr ehemaliges Zuhause führte.

Das erste Haus, das sie passierte, war bis auf die Grundmauern niedergebrannt. Der Dachbalken war zusammengebrochen, und die Teile des Daches, die nicht verbrannt waren, hatten alles im Haus unter sich begraben. Einer der Schafhirten hatte hier gelebt, zusammen mit seiner Familie. Shahira zögerte, doch dann schritt sie auf den Eingang des Hauses zu. Es fühlte sich fremd an und ungehörig, einfach so ohne Erlaubnis in ein fremdes Haus einzudringen, aber das spielte nun keine Rolle mehr. Vorsichtig schob sie den Kopf durch die Tür. Im Innern waren die Wände schwarz vom Ruß, und der Lehm, der über den Dungziegeln klebte, war entweder zu Ton gebacken oder abgeplatzt.

Im Innern war alles durcheinandergeworfen oder unter den zusammenbrechenden Dachstreben zerschmettert worden. Unter einer verkohlten Decke ragte etwas hervor, was Shahira auf den ersten Blick für einen schwarzen Ast hielt. Erst als sie genauer hinsah, erkannte sie eine winzige Hand, die sich unter der Hitze gekrümmt hatte und nun einer schwarzen Vogelklaue glich.

Mit einem erstickten Aufschrei prallte Shahira zurück und lehnte sich an eine Wand. Sie rang nach Atem, doch die rauchgeschwängerte Luft brachte keine Erleichterung. Wie in Trance taumelte Shahira weiter, doch in jedem Haus zeigte sich ein ähnliches Bild. Wer nicht verbrannt war, lag mit klaffender Kehle auf der Straße, die von all dem getrockneten Blut schwarz wirkte. Schließlich stand Shahira vor dem Haus, vor dessen Anblick sie sich am meisten gefürchtet hatte.

Das Feuer hatte es weitgehend verschont, nur an einigen Stellen konnte man sehen, wo die Flammen daran geleckt hatten.

Shahira zitterte. Sie wusste nicht, ob sie es über sich bringen konnte, dorthineinzugehen, doch sie brauchte Gewissheit. Sie musste es sehen.

Starke Arme schlangen sich um ihre Taille. Warmer Atem berührte ihre Schläfe. »Geh nicht dorthinein«, sagte der Djinn, und seine Stimme war so sanft, wie sie es noch nie zuvor gehört hatte. Er befahl ihr nicht, er bat sie.

»Ich muss sie sehen … sie um Verzeihung bitten«, flüsterte sie, wehrte sich aber nicht gegen ihn.

»Du wirst an dem Anblick zerbrechen. Das kann ich nicht zulassen. Dann hätten sie gewonnen.«

»Wer? Wer hätte dann gewonnen?«

Er zog sie fester an sich. »Ich beschwöre dich, geh dort nicht hinein«, sagte er drängend und ignorierte ihre Frage vollkommen.

Sie schluckte. »Ich muss sie wenigstens begraben.«

»Ich werde das für dich tun.«

Sie wandte ihm das Gesicht zu, und er erwiderte ihren Blick ruhig. Schließlich nickte Shahira, und er ließ sie los. Behutsam führte er sie zu einem Platz hinter ihrem Elternhaus und bedeutete ihr, sich zu setzen. Willenlos hockte Shahira sich auf den Boden und beobachtete, wie er im Haus verschwand und kurz darauf mit einer Schaufel zurückkehrte. Er ging auf dem Platz hinter dem Haus hin und her, prüfte den Boden und sammelte dabei immer wieder Steine auf, die er zu einem Haufen neben Shahira aufschichtete. Dann begann er zwei Gräber auszuheben. Die Arbeit war schweißtreibend und dauerte bis zum Nachmittag. Die Hitze der Mittagssonne brannte unerbittlich, doch er hob weiter den harten Boden aus. Shahira beobachtete ihn, und auch als die Hitze unerträglich wurde, blieb sie sitzen und sah ihm zu. In ihrem Kopf rasten die Gedanken, doch Shahira konnte keinen von ihnen fassen. Sie fühlte sich betäubt und wusste, dass, wenn die Taubheit erst einmal nachließe, der Schmerz zurückkäme. Und sie wusste nicht, ob sie dem gewachsen wäre.

Als die Gräber fertig waren, ging der Djinn ein letztes Mal zurück ins Haus. Er brachte hintereinander zwei in Teppiche gewickelte Körper heraus, und erst in diesem Moment verstand Shahira wirklich, was sie verloren hatte. Schluchzer drängten ihre Kehle hoch, doch sie verbat sich, zu weinen. Sie würde sich erst wieder gestatten zu weinen, wenn ihre eigene Schuld gesühnt war.

Behutsam bettete der Djinn die Leichen ihrer Eltern in die Erde. Er sah sie an, und Shahira trat an die offenen Gräber, um einen letzten Blick auf die Menschen zu werfen, die sie am meisten geliebt hatte. Sie konnte in Worten nicht ausdrücken, was sie fühlte, und sie kannte kein Gebet, das sie hätte sprechen können. Wortlos wandte sie den Blick ab, und er begann, die Gräber wieder zu füllen.

Im Abendrot kehrten sie in die Höhle zurück. Shahira hatte alles zurückgelassen und besaß nur noch die Kleider, die sie am Leib trug. Aber im Augenblick schien das keine Rolle zu spielen.

Sie setzte sich in eine der Felsspalten und schloss die Augen. Sie wollte die Welt einfach ausblenden, vergessen, was gewesen war. Vielleicht sogar schlafen. Doch jedes Mal, wenn der Schlaf sie einzufangen versuchte, hörte sie die Schreie der Sterbenden und spürte die Hitze der Flammen auf ihrem Gesicht.

Irgendwann musste sie doch kurz eingenickt sein, denn

der Geruch von gebratenem Fleisch weckte sie. Die Erinnerung vermischte sich mit der Gegenwart, und sie schreckte auf. Desorientiert sah sie sich um. Der Djinn hatte ein Feuer entfacht, und über den züngelnden Flammen erkannte sie die Umrisse eines Feldkaninchens. Übelkeit stieg in ihr auf, und sie wandte den Kopf ab, um tief einzuatmen.

Er hatte bemerkt, dass sie wach war, und kam zu ihr herüber. »Iss«, sagte er und hielt ihr etwas von dem toten Tier hin. Shahira schüttelte heftig den Kopf. »Nein.«

»Du musst.«

»Ich will nicht.« Sie schüttelte den Kopf noch heftiger und wich zurück.

»Du musst essen.«

Shahira fuhr sich über den Mund. »Wozu? Ich bin allein und kann mich nicht mehr unter Menschen wagen. Ich bin ausgestoßen, und es wäre besser, wenn ich sterbe.«

»Du musst weiterleben, um dich an dein Dorf zu erinnern. Wenn die Bruderschaft tötet, dann sorgt sie auch dafür, dass ihre Opfer vergessen werden.« Er senkte den Blick und stocherte in den Flammen. »Solange du lebst, hat die Bruderschaft nicht gewonnen. Du wirst dich an die Namen der Toten und ihre Gesichter erinnern. Du wirst wissen, was ihnen angetan wurde. Du musst das Gedächtnis deines Dorfes werden.«

»Wie kann ich das?«, fragte sie ihn verzweifelt.

Er rückte näher und berührte ihre Stirn. »Indem du nicht vergisst, Shahira. Lebe. Und bewahre die Erinnerung.«

Seine Hand war warm auf ihrer Stirn und linderte die Verzweiflung ein wenig. Seine Fingerspitzen strichen ihr die schwarzen Haarsträhnen aus der Stirn und über die Spur der Tränen auf ihren Wangen. Sie schloss die Augen, schlug sie aber gleich wieder auf. Sein Blick lag auf ihr, glitt ebenso wie seine Finger zärtlich über ihr Gesicht und ihren Körper.

Shahira befeuchtete ihre trockenen Lippen. Er ließ von ihr ab und ging zu einer anderen Nische, in der er einen Schaffellbeutel aufbewahrte. Er reichte ihr den Beutel, und sie löste den Korken. Im Innern schwappte Wasser, und Shahira merkte erst jetzt, wie durstig sie war. Den ganzen Tag über hatte sie nichts getrunken; gierig setzte sie den Beutel an und trank das nach Leder schmeckende Wasser in großen Schlucken. Das Wasser tat ihr gut, und sie setzte den Beutel erst ab, nachdem er gut zur Hälfte geleert war.

Er nahm ihr den Beutel ab, verschloss ihn und stellte ihn wieder in die Felsspalte. Wortlos hielt er ihr dann wieder ein Stück Fleisch und ein halbes, ungesäuertes Brot hin. Diesmal nahm Shahira es und aß.

Bald darauf reichte er ihr eine Decke aus der Felsspalte und legte sich mit einer zweiten neben sie. Shahira wusste erst nicht, ob sie sich einfach so neben ihn hinlegen und schlafen konnte, aber nachdem sie ihrem Körper bereits gestattet hatte, Hunger und Durst zu spüren, war auch die Müdigkeit nicht fern.

Shahira zog die Decke über ihre Beine und betrachtete den Djinn, der mit geschlossenen Augen auf dem Rücken lag. Er trug mittlerweile einen Mantel, den er wohl zuvor in der Höhle deponiert hatte. Er schien sich regelrecht in der Höhle eingerichtet zu haben – die Vorräte und die Kleidung sprachen eine deutliche Sprache. Hierher hatte er sich wohl zurückgezogen, wenn er nicht nachts bei ihr gewesen war.

Selbst im Schlaf trug er noch den Schal, und sie wagte nicht, ihn herunterzuschieben. Etwas glitzerte im Licht des verglühenden Feuers, und sie beugte sich zu ihm, um es genauer in Augenschein zu nehmen. Es war ein Anhänger an einer silbernen Kette. Das Schmuckstück bestand aus Silber und war mit einem Zeichen verziert, das Shahira nicht kannte. Bisher war der Anhänger unter seinem Schal verborgen gewesen, doch jetzt war er hervorgerutscht.

Sie war sich sicher, dass er den Anhänger ebenso vor ihr verbergen wollte wie sein Gesicht. Sie musterte ihn. Seine Wimpern waren lang und ebenso schwarz wie sein Haar. Seine Haut war ebenso dunkel wie ihre. Der große Unterschied zwischen ihnen waren diese blauen Augen. Shahira konnte das Gefühl nicht abschütteln, diese Augen zu kennen. Kannte sie ihn? Verbarg er deshalb sein Gesicht vor ihr? Doch so sehr sie sich auch anstrengte, sie konnte sich einfach an niemanden erinnern, der solch blaue Augen hatte.

Die Trauer und die Grübeleien sorgten für Kopfschmerzen, und die Erschöpfung wurde übermächtig. Shahira legte sich neben den Djinn und schloss die Augen.

Der Djinn verließ sie am nächsten Morgen und blieb den folgenden Tag über weg. Shahira blieb mit seinem Dolch bewaffnet allein zurück. Sie hätte jederzeit ins Dorf zurückkehren können, doch sie scheute die Hütten und Häuser. Wie sollte es nur weitergehen? Der Djinn hatte sie gerettet, aber er schien auch zu wissen, wer ihr und ihrem Dorf das angetan hatte. Er hatte die Bruderschaft erwähnt. Meinte er damit die Bruderschaft der Namenlosen, über die auch Anousch gesprochen hatte? Falls ja, was hatten sie gesucht? Warum ein ganzes Dorf niedermetzeln, das weder Schätze besaß, noch eine Gefahr für irgendwen darstellte?

Egal, wie sie es auch drehte und wendete, sie konnte sich keinen Reim darauf machen. Sie wusste, dass der Djinn gekommen war, um sie zu töten. Doch er hatte es nicht getan und sie stattdessen verführt. Er wusste etwas über die Bruderschaft der Namenlosen, und doch hatte er sie vor ihnen beschützt und sie gerettet.

Shahira fuhr sich mit der Hand über das Gesicht, und als sie sie wieder senkte, war sie schwarz von Ruß. Sie musste sich waschen. Doch die Wasservorräte in der Höhle waren zum Trinken gedacht. Die einzige Möglichkeit sich zu waschen war das Wasserbecken auf der anderen Seite des Dorfes. Um dorthin zu kommen, müsste sie das Dorf durchqueren, und das wollte sie auf keinen Fall.

Dann fiel es ihr wieder ein – wenn der Winter regenreich gewesen war, blieb manchmal ein wenig Wasser in den natürlichen Vertiefungen auf den Felsen zurück. Wenn sie Glück hatte, war dort noch gerade genug Wasser, um sich zu waschen.

Shahira nahm ihren Schal und verließ die Höhle, um die Felsen hinaufzuklettern. Sie kletterte seit sie ein kleines Mädchen war; die Kinder des Dorfes kletterten gerne über Felsbrocken und Steine, und oft mussten sie auch verirrte Schafe oder Ziegen aus den Felsspalten befreien.

Die Steine um die Höhle herum waren nicht sonderlich schwer zu erklimmen. Der Regen des Winters hatte das Gestein ausgehöhlt, und immer wieder gab es kleine Spalten und Mulden, in denen Shahiras Zehen und Finger Halt fanden. Sie kletterte über den Eingang der Höhle und fand sich bald auf einem Plateau wieder. Sie hatte Glück: Tatsächlich gab es hinter einigen Findlingen ein Becken, in dem sich Wasser gesammelt hatte. Es war etwa knietief und sah sauber aus, sodass Shahira sich rasch ihrer Kleider entledigte. Vorsichtig stieg sie in das von der Sonne erwärmte Wasser und seufzte wohlig, als sie sich in das Becken setzte.

Eine Weile blieb sie einfach so sitzen. Das Wasser tat ihr gut – es fühlte sich an, als würden sich all die Sorgen, all ihr

Kummer im Wasser einfach auflösen. Shahira rutschte tiefer ins Becken und ließ sich treiben. Sie sah in den Himmel, der ohne jede Wolke war und so blau strahlte, dass er einem Saphir glich. So blau wie die Augen des Djinns.
Shahira schob den Gedanken beiseite und nahm ihren Schal, um ihn im Wasser zu waschen. Mit dem nassen Schal strich sie sich über das Gesicht und den Hals und sah, wie sich das Wasser schwarz färbte. Sogar in ihren Haaren klebte Asche, und Shahira spülte diese so sorgfältig aus, wie es ihr möglich war.

Ein Schatten schob sich vor die Sonne, und als Shahira aufsah, stand der Djinn vor dem Becken. Er war nackt, bis auf den Schal um Mund und Nase, und im Sonnenlicht konnte sie erstmals seinen Körper und auch alle Tätowierungen sehen. Sie wanden sich vom Oberkörper weiter hinab über seine Lenden und die Seiten seiner Waden und Schenkel. Sein Körper war muskulös, gezeichnet von schwerer Arbeit, und seine Haut glänzte wie Gold. Zwischen seinen Beinen ragte seine Erektion hervor, und sein Blick war hungrig.

Instinktiv hielt Shahira ihren eigenen Schal vor ihre bloßen Brüste und wagte es nicht, etwas zu sagen. Wortlos stieg der Djinn zu ihr ins Becken. Er kniete sich vor sie und nahm ihr den Schal ab. Shahira fröstelte, wehrte sich aber nicht. Sie protestierte auch nicht, als er begann, sie mit dem Schal zu waschen.

Seine Berührungen hatten ihre Wirkung auf sie nicht verloren. Shahira spürte Trost und unerklärlicherweise auch Geborgenheit. Sie seufzte und gab sich diesem Gefühl hin – so lange schon plagen sie nur Schuldgefühle und Trauer. Jetzt wollte sie für einen winzigen Augenblick Trost und Wärme zulassen.

Der Djinn ließ ihren Schal los und fuhr fort, mit den Händen Wasser zu schöpfen und über ihre Schultern und ihre bloßen Brüste rinnen zu lassen. Unter den nassen Tropfen richteten ihre Brustwarzen sich auf, und Shahira seufzte tief. Sie legte den Kopf in den Nacken und schloss die Augen. Seine Lippen fanden ihre steifen Nippel, und der Gegensatz zwischen der vom Wasser gekühlten Haut und seinem Mund war so aufreizend, dass Shahira ein Stöhnen nicht unterdrücken konnte. Sie wölbte den Rücken weiter durch, um ihm ihre Brüste darzubieten, und er nahm gierig auf, was sie ihm anbot.

Große Hände umfassten ihre Brüste, kneteten sie, und seine Zähne fuhren über ihre harten Nippel. Die Angst, er könnte sie beißen, fachte ihre Lust weiter an, und Shahira verlor das Gleichgewicht. Sie fuhr mit den Händen in sein dunkles kurzes Haar und fand dort etwas Halt. Noch immer saugte er an ihren Nippeln, knabberte und lutschte daran, bis sie sich wand und keuchte.

Er zog sie an sich, die Arme um ihren Körper geschlungen, bis ihre Brüste sich an seiner nackten Brust rieben. Sie stöhnte und hockte sich auf seinen Schoß. Ihre Arme legten sich um seinen Nacken, und ihr Mund suchte seinen. Sie wollte mehr als nur diesen Schal, sie wollte seine Zunge auf der ihren spüren, doch da war immer dieses Stück Stoff, das sie beide trennte.

Shahira tastete danach, doch er packte ihr Handgelenk und hielt sie zurück. »Wenn du das Tuch jemals beiseite schiebst, wirst du sterben«, warnte er sie und sah sie prüfend an, ehe er ihr Handgelenk losließ. Sie schluckte, nickte dann aber und fuhr mit der flachen Hand über seinen feuchten Körper. Vorsichtig rutschte sie zurück und nahm ihren eigenen Schal, um ihn zu waschen. Wortlos ließ er sie gewähren, während der feuchte Stoff über seine Brust, seine Arme und

Schultern glitt, tiefer zu seinem Bauch und dann zwischen seine Beine.

Das Wasser wirkte kühl gegen seinen heißen Lingam, und Shahira spürte das Verlangen zurückkehren, das sie bei ihrer ersten Vereinigung schon verspürt hatte. Sie wollte ihn wieder in sich haben, ihn tief in sich aufnehmen, bis sie beide endlich den Höhepunkt erreichten.

Der Schal landete auf dem Gestein neben dem Becken, und sie kletterte auf seinen Schoß. Der Stoff seines Schals über seinem Mund bewegte sich hektisch – er atmete ebenso schwer wie sie, und an der Innenseite ihres Schenkels spürte sie nur zu deutlich, dass er ebenso erregt war.

»Schöner Djinn«, flüsterte sie an seinem Ohr, während er ihr Halt gab, »gewähre mir Vergessen. Nur für einige Augenblicke.«

Er sah auf und nickte. Mit einem Ruck hob er sie an und ließ sie auf seine harte Erektion sinken. Es ging leicht, sie war schon feucht und bereit für ihn. Er glitt in sie, und Shahira presste die Zähne zusammen. Er drang in dieser Position tiefer in sie als beim ersten Mal, und sie glaubte, ihn bereits in ihrem Bauch zu fühlen. Sie klammerte sich an ihn und atmete heftig, bis sie sich an seinen Lingam in sich gewöhnt hatte.

»Beweg dich, Shahira«, bat der Djinn. »Ich will sehen, wie du auf mir tanzt.«

Shahira legte den Kopf leicht schief, weil sie nicht wusste, was er meinte. Seine Hände umfassten ihre Pobacken, und er bewegte ihre Hüften auf sich. Auf und ab, vor und zurück – Shahiras Becken zuckte, und sie kratzte über seine feuchte Haut. »Das ist wunderbar«, flüsterte sie.

»Tanz für mich«, murmelte er abermals. Sein Schal rieb an ihrer Wange, und ihr Körper verstand schneller als sie. Sie bewegte sich, wie im Tanz, ließ ihre Hüften auf ihm kreisen und spürte ihn auf tausend andere Arten in sich dringen. Sie keuchte, presste ihren Mund auf seinen und zuckte fiebriger auf ihm.

Er ließ seine Hände höher wandern, streichelte ihren Rücken und den Steiß, während Shahira sich selbst auf seinem Schoß dem Höhepunkt näherbrachte. Sie schämte sich, solche Lust zu empfinden, obwohl ihre Eltern tot waren und ihr ganzes Dorf ausgelöscht worden war, doch sie konnte nicht anders. Sein Körper, sein ganzes Sein, ließen sie nur noch an ihren eigenen Orgasmus denken.

Auch er konnte nicht mehr an sich halten. Er presste sie an sich und stieß ihr entgegen. Shahira hielt still, bewegte sich nur ab und an seinen Stößen entgegen und schrie ihre Lust weit hinaus. Sie klammerte sich an ihn, wimmerte und keuchte, und endlich schlug die Welle über ihr zusammen. Der Höhepunkt packte sie, schüttelte sie regelrecht, und sie hörte ihn an ihrem Ohr aufschreien. Das war das Letzte, was sie hörte, ehe sie entkräftet auf ihm zusammensackte.

Verrat

Der Angriff auf das Dorf war nun mehr als fünf Tage her, und die Tage, die sie in der Höhle verbrachten, vergingen gleichförmig einer nach dem anderen. Tagsüber verschwand er und sagte nie, wohin er ging. Shahira verbrachte die Zeit damit, auf dem Plateau zu sitzen und Ausschau nach Karawanen auf dem Weg nach Isfahan zu halten. Sie hatte für sich beschlossen, dass sie in die Stadt gehen und bei dem Kalifen vorsprechen wollte. Damals im Dorf hatte sie einige der Karawanentreiber belauscht und gehört, wie diese davon sprachen, dass es an einem Tag im Monat jedem Bürger des Reiches freistand, beim Kalifen vorzusprechen und Hilfe zu erbitten.

Das wollte sie tun. Sie hatte dem Djinn davon erzählt, doch er hatte nichts dazu gesagt. Er sprach nie viel. Doch jede Nacht kam er zu ihr; er schlief jede Nacht mit ihr und schenkte ihr damit zumindest für kurze Zeit Frieden. In der letzten Nacht hatte er den Arm um ihre Schultern gelegt und sie gewärmt. Die Geborgenheit, die er ihr damit schenkte, hatte dafür gesorgt, dass sie zum ersten Mal seit Wochen ruhig durchschlafen konnte.

Würde er sie begleiten?

Der Gedanke war erschreckend schnell in ihrem Kopf, und sie schüttelte den Kopf, um ihn zu vertreiben. Sorgsam flocht sie ihr langes schwarzes Haar zu einem Zopf und drapierte den Schal darüber.

Ihre Augen schmerzten, weil sie so lange auf den Horizont gestarrt hatte, daher glaubte sie erst an eine Halluzination, als sie die schwarzen Punkte in der Ferne entdeckte. Sie blinzelte und rieb sich über die Augen, doch die Punkte waren noch immer da und bewegten sich weiter auf sie zu.

Eine Karawane.

Shahira sprang auf und schirmte ihre Augen gegen die Sonne ab, aber es bestand kein Zweifel: Eine Karawane näherte sich aus der Wüste. Es war bereits später Nachmittag, und Shahira schätzte, dass sie die Nacht noch in der Wüste verbringen und das Dorf erst am nächsten Tag passieren würde. Das war ihre Chance, nach Isfahan zu kommen.

Shahira spürte einen Hoffnungsschimmer, und ein Lächeln erschien auf ihrem Gesicht. Sie kletterte wieder vom Plateau und in die Höhle. Zu ihrer Überraschung wartete der Djinn dort bereits auf sie. Sonst kam er nie vor Einbruch der Dunkelheit.

»Wo warst du?«, fragte er und reichte ihr einige Datteln und Brot.

Sie nahm das Essen entgegen und auch den Krug mit Schafsmilch. Sie fragte sich, wo er beides herhatte – vielleicht hatte er einige der entlaufenen Herden gefunden? Doch sie fragte nicht und aß stumm.

Er saß ihr gegenüber, den Arm auf sein angewinkeltes Knie gestützt und beobachtete sie. »Wo warst du?«, fragte er abermals.

»Ich habe mich gewaschen.«

»Dein Haar ist trocken.«

Shahira senkte den Blick und kaute an ihrem Brot. »Eine Karawane nähert sich dem Dorf«, wechselte sie das Thema.

Seine Augen verengten sich. »Du willst mit ihnen gehen?«

Sie nickte. »Ich möchte nach Isfahan. Der Kalif soll wissen, was hier geschehen ist. Das ist, was du mir aufgetragen hast – ich sollte mich erinnern.«

»Du solltest dennoch nicht dorthin gehen und über die Bruderschaft sprechen. Es ist gefährlich, und dann blüht dir ein ähnliches Schicksal wie deinen Eltern.«

Shahira leerte den Milchkrug in einem Zug. »Dann soll es so sein – ich sehe keine andere Möglichkeit. Ich will Gerechtigkeit, und sterben werde ich ohnehin.«

Der Djinn schwieg. Wortlos stand er auf und verließ die Höhle.

Shahira lag wach auf ihrem kargen Lager und starrte die Decke an. Der Mond hatte den Himmel bereits verlassen, doch noch immer war ihr Djinn nicht zurückgekehrt. Sie merkte, dass sie sich Sorgen machte. Sicherlich konnte er sich verteidigen, dennoch war es bisher nie vorgekommen, dass er die Nacht nicht bei ihr verbracht hatte. Sie sehnte sich nach ihm. Nicht nur nach der Lust, sondern auch nach seiner Nähe. Der Schlaf wollte nicht kommen, wenn sie ihn nicht neben sich atmen hörte oder seinen warmen Körper neben sich spürte.

Ein Geräusch ließ sie aufschrecken. Shahira setzte sich auf – er war zurück. Es war wie in der ersten Nacht, in der er zu ihr gekommen war. Seine Silhouette vor dem Mondlicht; ein Nachtgeist, der sie heimsuchte.

Er kniete sich zu ihr und riss sie an sich. Seine Finger zerrten an ihren Kleidern, schoben sie ihr ungeduldig vom Körper, und sein Atem schlug gegen ihren Hals. Sie wimmerte und ließ sich mitreißen – seine Berührungen waren anders, drängender, heißer. Shahira hatte ihn noch nie so verzweifelt erlebt, aber sie genoss es sehr. Rasch fielen ihre Kleider neben ihnen zu Boden, und er beugte sich über sie. Ungeduldig drehte er sie auf den Bauch und zog sie hoch.

Shahira keuchte, als sie sich auf allen Vieren vor ihm wiederfand. Sie konnte ihn nicht mehr sehen, aber seine Hände wanderten noch immer über ihren Körper, kneteten ihre Brüste und ihren Hintern. Er biss in ihr weiches Fleisch, und sie schrie laut auf.

Er musste den Schal fortgeschoben haben, denn sie spürte seine Zunge auf der Innenseite ihrer Schenkel und auf ihrem Po. Es war atemberaubend; sie wurde fast sofort nass. Dass sie nicht sehen konnte, wo er sie berührte oder was er als Nächstes vorhatte, berauschte sie stärker als jeder Wein es vermocht hätte. »Mehr«, keuchte sie.

Der Djinn beugte sich über sie und umschlang sie mit den Armen. Sein steifer Lingam drückte sich in die Spalte ihres Hinterns und rieb sich an ihr. »Shahira«, murmelte er, und ihren Namen aus seinem Mund zu hören reichte, um ihr jede Beherrschung zu rauben. Sie spreizte ihre Beine weit und erwiderte den Druck seiner Hüften.

»Mein schöner Djinn«, flüsterte sie. »Bitte, nimm mich.«

Für einen kurzen Moment glaubte sie, er würde fortgehen. Seine Arme lösten sich von ihr, und sie spürte seinen Körper nicht mehr auf ihrem. Ihr entwich ein bettelnder Laut, doch er wäre gar nicht nötig gewesen. Seine Hände kehrten zurück, legten sich diesmal aber um ihre Hüften, und mit einem einzigen tiefen Stoß füllte er sie vollkommen aus. Shahira schrie auf. Sie hatte in den letzten Tagen gelernt, wie sie ihn in sich aufnehmen konnte, wie er sich in ihr anfühlte, doch in dieser Position hatte er sie noch nie genommen. Versuchsweise zog sie die Beine enger aneinander und fühlte selbst, wie eng sie für ihn wurde. Er bemerkte es auch, denn seine

Bewegungen wurden tiefer, und er keuchte laut auf. Er stieß bis zum Anschlag in sie, und sie schrie.

Diesmal musste er sie kaum berühren – sie drängte sich ihm entgegen und bettelte. Sie hätte niemals gedacht, dass sie sich derart gebärden würde, noch dazu in Gesellschaft eines Mannes, doch der Djinn raubte ihr jede Beherrschung. Er spielte auf ihrem Körper wie auf einem kostbaren Instrument und entlockte ihr Laute der Lust, die laut in der Höhle widerhallten.

Vor ihren Augen tanzten Sterne, und ihr Körper glühte. Sie drückte sich gegen seine Stöße, genoss, wie er immer wieder tief in sie stieß und brach schreiend zusammen, als ihr Höhepunkt sie von der Klippe ihrer Lust stürzte. Sie fiel und ließ sich gerne fallen, nahm den Höhepunkt, den er ihr schenkte, dankbar auf.

Nur einen Lidschlag später spürte sie, wie er sich in ihr ergoss. Sein Samen spritzte in sie, füllte sie aus und wurde durch seinen Lingam in ihr wieder herausgedrückt. Er rann über ihre Oberschenkel hinunter auf den Steinboden.

Shahira sank auf den Bauch und spürte den Körper des Djinns auf sich, der ebenfalls nach Atem rang. Erst als ihr Herz ruhiger schlug und auch er das Nachglühen zur Genüge genossen hatte, rollte er sich zur Seite und blieb bäuchlings neben ihr liegen. Sie fröstelte, war sich aber nicht sicher, ob sie ihm etwas von seiner Wärme rauben durfte. Sie sah auf den Mann neben sich, der, die Augen geschlossen, langsam ruhiger atmete. Es war nicht zu sagen, ob er bereits schlief oder noch nicht, aber Shahira wollte nicht warten. Vorsichtig rückte sie näher und legte ihren Kopf auf seine Brust. Er verkrampfte sich unter ihrer Berührung, und sie war sich sicher, dass er sie wegschieben würde. Sie wollte ihm zuvorkommen und sich zurückziehen, doch sein Arm legte sich um ihre Schulter, und er behielt sie bei sich.

Shahira atmete tief aus und schmiegte sich eng an ihn. Er roch nach dem, was sie gerade getan hatten, vermischt mit seinem eigenen männlichen Duft. Es war nicht unangenehm – ein Duft von Hitze, Sand und Moschus. Sie atmete tief ein, um mehr davon aufzunehmen. Seine Hand lag auf ihrem nackten Oberarm, und die Umrisse zeichneten sich für sie fühlbar darauf ab. Ihr Höhepunkt gewann dadurch eine ganz neue Qualität; sie seufzte zufrieden und schloss die Augen. Kurz darauf war sie eingeschlafen.

Diesmal war sie diejenige, die als Erstes aufwachte. Der Ausschnitt des Himmels, der sich vor dem Höhleneingang abzeichnete, war Aderblau. Wenn die Sonne aufging, würde sie dem Bild Nuancen von Rot und Violett hinzufügen. Bald würde die Karawane aufbrechen und wenige Stunden später das Dorf erreichen. Sie musste sich beeilen, wenn sie sie nicht verpassen wollte.

Aufgeregt richtete Shahira sich auf, als ihr Blick auf den Djinn fiel. Er schlief noch neben ihr, und sein Schal war verrutscht. Das Amulett an der Silberkette war deutlich auf seiner nackten Brust zu sehen, und sie konnte sein Kinn erkennen. Ein schwacher Bartschatten zeichnete sich darauf ab, und Shahira musste gegen das Verlangen ankämpfen, mit den Fingern darüberzufahren.

Aber bald würde sie ihn ohnehin nicht mehr sehen, oder?

Shahira nahm sich ein Herz und atmete tief ein. Allein die Vorstellung, sich von ihm trennen zu müssen, verursachte einen solchen Schmerz in ihrer Brust, wie sie ihn nie zuvor verspürt hatte. Überrascht darüber hielt sie inne und sah zum Höhleneingang hinaus. Wäre es ihr lieber, wenn er mit ihr gehen würde? Wenn er sie nach Isfahan begleiten und dann mit ihr leben würde?

Shahira biss sich auf die Unterlippe. Er war ein Nachtgeist, kein gewöhnlicher Mann. Und selbst wenn er es wäre, wäre sie noch keine gewöhnliche Frau. Sie war schon immer anders gewesen, das hätte sie früh erkennen müssen. Niemand wollte sie heiraten – vielleicht war die Armut ihrer Eltern der Grund dafür gewesen, doch sicherlich hatten die Männer gespürt, dass sie keine Frau war, die einen Mann glücklich machen konnte. Sie war schon als Ausgestoßene geboren und niemals dazu bestimmt gewesen zu heiraten, Kinder zu bekommen und eine Familie zu haben. Eine Frau wie sie wandelte am Rande allen Glücks.

Die Erkenntnis schmerzte und war doch so fundamental, dass Shahira jede Angst verlor. Wenn sie schon gehen musste, wollte sie einmal das Gesicht des Wesens sehen, das ihr solches Glück in Zeiten der größten Trauer geschenkt hatte.

Shahira beugte sich über ihn und musterte ihn. Sie atmete tief ein und zog den Schal hinunter. Was genau sie erwartet hatte, wusste sie nicht zu sagen – vielleicht ebensolche seltsamen Zeichnungen, wie die, die seinen Körper schmückten, scharfe Schneidezähne oder Fänge. Doch vor sich sah sie das Gesicht eines Mannes. Seine Nase war gerade und scharf geschnitten, wie auch seine Wangenknochen. Sie verliehen seinem Gesicht einen schönen, aber auch grausamen Ausdruck. Seine Lippen bildeten einen Gegensatz dazu – sie waren weich, wundervoll geformt und geschwungen. Ihre Sanftheit milderte die grausame Härte, die den Rest seines Gesichts ausmachte. Eine winzige Narbe störte die Perfektion seines Gesichts; eine kleine Narbe im Mundwinkel. Blass und dünn. Sie verunstaltete ihn nicht, sondern passte zu ihm. Shahira erschrak. Sie wusste, woher sie dieses Gesicht kannte, ebenso wie die Narbe. Sie war dabei gewesen, als er sie erhalten hatte.

In diesem Moment schlug der Djinn die Augen auf.

Teil 2

*»Wer in die Wüste geht,
kommt als ein Anderer zurück.«*

Rückkehr

Es schmerzte. Man hatte ihm beigebracht, dass es keinen Schmerz gab, dass der Schmerz eine Illusion war, die er ignorieren musste, um ihr nicht zum Opfer zu fallen. Die meisten seiner Brüder kauten oder rauchten Haschisch, um den Schmerz zu betäuben. Der Rausch war ein angenehmer Nebeneffekt, den die Männer genossen, ebenso wie die Feste, die sie feierten.

Kian war sich nicht sicher, ob ihm dies alles fehlen würde oder ob er froh sein sollte, dass alles vorbei war. Falls sie ihn töteten, würde auch der Schmerz vergehen. Sie hätte ihm das Herz herausreißen können, sie hätte ihn erstechen oder ihn quälen können, aber nichts hätte so sehr geschmerzt, wie der Augenblick, in dem er sie hatte verlassen müssen.

Shahira hatte sein Gebot gebrochen, und er wusste, dass sie ihn erkannt hatte. Ihr Blick hatte alles gesagt, es brauchte keine Worte. Das war es, was er gefürchtet hatte, aber wenn er ehrlich zu sich war, hatte er es kommen sehen. Seit mehreren Tagen lebte er mit ihr zusammen, wie ein Mann mit einer Frau zusammenleben sollte. In diesen Tagen hatte er Glück erfahren, echtes Glück. Zum ersten Mal, seit er sich erinnern konnte. Aber irgendwann musste sie sein Geheimnis herausfinden. Er war nur froh, dass es an dem Tag geschehen war, an dem sie ihn ohnehin verlassen wollte.

Jetzt war sie sicher schon auf dem Weg nach Isfahan. Die Karawanen aus der Wüste nahmen oft Menschen aus den

Grenzgebieten mit. Der Dolch, den er ihr gelassen hatte, würde als Bezahlung sicherlich ausreichen, sodass sie die Stadt des Kalifen sicher erreichen würde.

Er sah, wie sich nach den Tagen der Trauer zum ersten Mal wieder Shahiras Lebensgeister regten. Shahira hatte ein Ziel gefunden, auf das sie sich konzentrieren konnte, und genau das brauchte sie.

Nicht ihn.

Er biss die Zähne zusammen und lief weiter. Es war kein weiter Weg bis zur Festung der Bruderschaft, aber die Zeit bis zu seinem Ziel wurde ihm unerträglich lang, da er seinen Gedanken an Shahira nicht entkommen konnte. Er zwang sich, seinen Geist leer werden zu lassen, und verfluchte sich zum ersten Mal dafür, dass er das Angebot seines Bruders Murhat nicht angenommen hatte. Der hatte ihm vor seiner Abreise ein Paket mit haschgetränkten Blätterbällchen gegeben, das er auf seinem Weg kauen konnte. Kian war kein Freund des Rauschs, und er hatte abgelehnt, obwohl Murhat ihn damit bedrängt hatte. Jetzt wünschte er sich nichts sehnlicher als eines dieser Bällchen, um vergessen zu können.

Aber es half nichts. Immer dachte er nur an Shahira.

Kian zog den Mantel enger um sich und senkte den Kopf, als ihm auf seinem Weg drei Reiter entgegenkamen. Sie trugen das Wappen des Kalifen und schwere Schwerter an der Seite. Als sie ihn sahen, nickten sie ihm zu, und er brummte einen Gruß, ehe er weiter ging. So nah an der Festung war das Risiko entdeckt zu werden groß. In letzter Zeit waren einige der Männer des Kalifen besonders auf der Hut und suchten gezielt nach Schlupfwinkeln der Bruderschaft. Dabei vernachlässigten sie die Sicherheit der Straßen und ihrer Karawanen. Die Menschen beklagten sich, doch Kian hatte oft genug gehört, dass der Kalif schon lange nichts mehr selbst entschied. Und sein Wesir schien es für wichtiger zu halten, die Bruderschaft zu finden, als für die Sicherheit seines Volkes zu sorgen.

Kian zog die Schultern in die Höhe und sah auf den Weg vor sich. Das Land zerfiel, und schon immer waren es die einfachen Menschen, die am meisten darunter zu leiden hatten. Wie seine Eltern. Wie er selbst.

Kian wischte sich immer wieder über das Gesicht und schluchzte. Die anderen Jungen im Käfig, alle zwischen sechs und zehn Jahre alt, wie er selbst, weinten ebenfalls oder versuchten durch harte Mienen zu verstecken, welch große Angst sie hatten. Sie alle waren gekauft worden, von dem bärtigen Mann an der Spitze der Karawane, die durch die Wüste zog. Er saß so weit entfernt von ihnen auf einem Kamel, dass Kian nicht einmal die Gestalt des Mannes erahnen konnte. Zwischen ihnen waren viele, viele andere Kamele, die geheimnisvolle Pakete und Säcke trugen.

Neben dem Bärtigen gab es nur noch eine weitere Person: einen Mann mit Glatze, der am Ende der Karawane lief. In der Hand hielt er einen langen Stock mit einem Dorn am Ende, mit dem er wahlweise Kamele schlug, die aus der Reihe auszubrechen drohten, oder einen der Jungen im fahrenden Käfig anstieß, wenn dieser zu laut geweint hatte. Am Anfang hatten sie alle noch lauthals geschluchzt und nach ihren Müttern gerufen, doch jetzt war selbst das Weinen leiser geworden. Seit drei Tagen waren sie in der Wüste unterwegs, und die Kinder waren erschöpft.

Kian dachte an seine Mutter, die ebenfalls geweint hatte, als der Vater das Geld für ihn entgegengenommen hatte. Sein Vater, der große, starke Mann, hatte sich zu ihm gekniet und ihm erklärt, dass es zu viele Kinder gab. Die Ernte war schlecht gewesen in den letzten Jahren, und die Überfälle der Banditen häuften sich. Sie hatten kein Geld und nicht genug Essen, um alle satt zu machen. Deswegen musste Kian, der Jüngste der Söhne, gehen. Sein Vater hatte ihm gesagt, dass Kian es an dem anderen Ort gut haben würde, besser als zu Hause, doch er war sich nicht sicher, ob das stimmte. Ihm fehlte das Grün der Oase schon jetzt, ebenso wie seine Freunde und seine Mutter. Aber er hatte keine Wahl gehabt.

So saß er jetzt in dem Käfig mit den anderen und entfernte sich mit jedem Schritt der Kamele weiter von dem Ort seiner Kindheit. Gegen Abend wurde der Durst unerträglich, und die Wasserbeutel, die der Mann mit der Glatze ihnen hin und wieder gab, reichten schon lange nicht mehr. Bei Sonnenuntergang hielt die Karawane am Rand der Wüste in einem winzigen Dorf, und sie schlugen ein Lager auf. Die Jungen wurden aus dem Käfig gelassen – doch zuvor schärfte ihnen der Bärtige ein, dass es nichts nützte wegzulaufen; um sie herum gab es nur Wüste, und ohne genügend Wasser und ein Kamel war es unmöglich, sie zu durchqueren.

Einer der Jungen versuchte es trotzdem, kaum dass der Bärtige sich abgewandt hatte. Kian hatte ihn nie wieder gesehen. Der Rest von ihnen erhielt Wasser und Essen. Der Bärtige und sein Begleiter verschwanden in einem der Häuser, und die Jungen blieben bei den Kamelen. Sie sollten bei den Kamelen schlafen; so konnten sie sich wärmen. Kian legte sich zu einem Kamel, dass weniger bissig schien als die anderen, doch der Platz war begehrt. Einer der anderen Jungen, wenige Jahre älter als Kian selbst, kam zu ihm. »Das ist mein Platz.«

»Nein.« Kian ballte die Hand zur Faust. Der andere Junge überragte ihn um mindestens einen Kopf, und er war offensichtlich stärker. Dennoch würde Kian seinen Schlafplatz nicht kampflos aufgeben.

Die Antwort schien dem anderen nicht zu gefallen, denn er schob das Kinn vor und machte einen bedrohlichen Schritt auf ihn zu. »Nein? Rede keinen Unsinn; verschwinde du kleine Ratte!«

Kian schüttelte nur den Kopf. Er stemmte die Füße fester auf den Boden und presste die Lippen aufeinander. Der größere Junge verzog wütend die Mundwinkel und holte mit dem Arm aus, die Faust fest geballt. Kian wappnete sich für den Schlag, der kommen würde, doch stattdessen hörte er einen lauten Schmerzensschrei. Er sah auf – das Gesicht des Jungen war blutverschmiert. Kian grinste breit und lachte schadenfroh, als ihn plötzlich ein Stein auf den Mund traf. Er schrie ebenfalls auf und sah sich nach dem Übeltäter um.

Während der ältere Junge sich noch das blutende Kinn hielt und schrie, suchte Kian mit Blicken nach dem Stein, der ihn getroffen hatte. Als er ihn gefunden hatte, wusste er, aus welcher Richtung er geflogen gekommen war – wie ein Wiesel rannte er los, um den Übeltäter zu fassen. Hinter einem Findling wurde er fündig: Eine vermummte Gestalt, kaum größer als er selbst, rannte vor ihm davon. Sie war flink und schmal – Kian hatte Mühe, ihr zu folgen. Schließlich war er doch schneller; er sprang und warf sich mit seinem ganzen Gewicht gegen den Steinewerfer, der ins Straucheln geriet und vornüberfiel. Mit einem Triumphschrei stürzte Kian sich auf die am Boden liegende Gestalt, drehte sie um und holte schon aus, als er einen langen Zopf sah, der sich unter dem Schal hervorschob.

Er zog den Stoff ganz zur Seite und blickte in das ängstliche Gesicht eines Mädchens, das wild atmete und ihn an ein in die Enge getriebenes Tier erinnerte. Sie würde kämpfen, wenn er es tat. Aber sie hatte ihn gerettet.

Kian ließ sie los. Sie blieb liegen, doch ihre Finger tasteten über den Boden, auf der Suche nach einem neuen Wurfobjekt. »Danke«, sagte Kian nur, drehte sich um und wischte sich das Blut von den Lippen. Die Karawane war am nächsten Tag weitergezogen, doch Kian hatte nicht mehr geweint. In seinem Herzen war das Bild des Mädchens mit dem langen Zopf und den unergründlich dunklen Augen.

Der bärtige Mann führte sie zu einer Steinfestung, die halb im angrenzenden Berg verschwand – ein beeindruckendes Bollwerk, dessen schiere Größe alles überstieg, was Kian in seinem jungen Leben gesehen hatte. Die Burg wurde von zwei riesigen Türmen gesäumt, die die Wehrmauern flankierten. Das ganze Gebäude bestand aus Sandstein und strahlte im Sonnenlicht wie eine Stute mit lohfarbenem Fell.

Viel Zeit die Festung zu bestaunen blieb ihm allerdings nicht, denn sie wurden durch das große Eingangstor geführt und mussten im Hof warten. Der bärtige Mann und sein haarloser Begleiter verschwanden in einem der beiden Türme und überließen die Jungen in dem Käfig sich selbst, während diese tuschelnd miteinander berieten, was sie wohl erwarten mochte.

Nur Kian blieb stumm. Er vertraute seinem Vater; es würde ihm nichts allzu Schlimmes geschehen. Und er dachte an das Mädchen in der Wüste – er war sich sicher, dass er sie eines Tages wiedersehen würde.

Nach einiger Zeit kam der Bärtige zurück; neben ihm lief ein Mann, der einen ebenso langen Bart trug, der aber schlohweiß war. Sein Gesicht wirkte noch nicht so alt, wie sein Bart es vermuten ließ. Es war wettergegerbt und mit Furchen übersät, doch die Augen über der Hakennase waren wachsam, und in ihnen glitzerte Intelligenz. Er trat an den Käfig und musterte die Jungen, einen nach dem anderen. Als er bei Kian ankam, zischte er leise und spuckte aus. »Blaue Augen? Was hast du dir dabei gedacht, Radusch? Das ist zu auffällig. Den können wir nicht brauchen.«

Der Bärtige namens Radusch beugte sich zum Ohr des Älteren und flüsterte etwas. Der fixierte Kian, der unter der Musterung schauderte. »Ist das so?«, fragte der Alte schließlich und legte den Kopf schief, wie ein Raubvogel, der eine besonders delikate Beute begutachtete. »Gut, dann wollen wir sehen, ob er den Kampfgeist in der Wüste gelassen oder ihn mitgebracht hat.«

Damit wandte er sich ab. Radusch brüllte einige Befehle, und schwarz vermummte Männer erschienen, die die Pakete von den Kamelen abluden und den Käfig öffneten. Den Jungen wurde befohlen, einem untersetzten Mann in Schwarz zu folgen. Er trug eine Peitsche am Gürtel, und Kian ahnte, dass diese einem ähnlichen Zweck diente wie der Dornenstock des Glatzkopfes. Er führte sie in einen großen Schlafsaal mit einfachen Pritschen. Auf jeder Pritsche lag ein Bündel Kleider, alle schwarz. Jeder der Jungen suchte sich eine Pritsche aus, und dann mussten sie sich umziehen. Die Kleidung war aus teurem Tuch, und Kian war überrascht, wie weich die Kleidung sich auf seiner Haut anfühlte. Ein Kaftan, eine einfache Hose und lose Schuhe – das schien den Männern als Kleidung zu reichen.

Als die Jungen umgezogen waren, wurden sie in einen weiteren Saal geführt, doch hier gab es keine Pritschen, nur hohe Decken und eine reich mit Kissen und Decken ausgestattete Sitzfläche, auf der der Alte hockte. Kian musste mehr und mehr an einen Bussard denken, wenn er ihn ansah. Der Mann war derart zusammengesunken, dass es wirkte, als wäre sein schwarzer Kaftan ein Paar zusammengefalteter Flügel, die er jeden Augenblick auseinanderfalten und dann davonfliegen könnte.

Die Jungen mussten sich vor dem weißbärtigen Mann aufstellen, der ruhig an einer Shisha sog und seinen Blick über die Reihe schwarzgekleideter Kinder wandern ließ. Sein Blick dauerte lange, und Kian glaubte bald, seine Beine nicht mehr zu spüren. Dann begann der Mann zu sprechen: »Ihr seid Waisen. Vergesst, dass ihr jemals Eltern hattet. Vergesst, dass ihr Geschwister und eine Heimat habt. Das alles ist vergangen und wird nie wieder zu euch zurückkehren. Ihr habt das Leben der gewöhnlichen Menschen verlassen und seid nun mehr geworden, mehr als ihr in eurem gewöhnlichen Leben jemals hättet sein können. Von nun an gehört ihr der Bruderschaft der Namenlosen an. Ich bin der Alte, und so werdet ihr mich ansprechen. Ich bin euer Vater und eure Mutter, euer Lehrer und euer Begleiter. Ihr werdet hier das Handwerk des Tötens erlernen. Wer sich als stark genug erweist, dem werden Belohnungen weit jenseits eurer Vorstellungskraft zuteil. Wer versagt, wird vergessen. Seid gehorsam und schwört mir Treue, und ich verspreche euch ein Leben, das ihr niemals mehr verlassen wollt. Ihr seid nun Assassinen.«

Kian atmete tief ein. Damals hatte er dem Alten geglaubt. Während all der langen Jahre des Trainings hatte er nicht gezweifelt. Sie hatten seinen Körper gestärkt, seine Muskeln geformt. Er konnte schneller rennen als die meisten anderen Brüder, und er warf den Dolch mit tödlicher Präzision. Der Alte hatte ihn immer besonders im Auge gehabt, und Kian hatte sich bemüht, dieses besondere Interesse wach zu halten und zu schüren. Bald war er zum Liebling des Alten geworden, selbst wenn er noch niemanden getötet hatte. Keiner der Jungen, mit denen Kian angekommen war, hatte das getan – noch war es ihnen nicht erlaubt. Erst musste jeder von ihnen die Prüfung bestehen.

Der Gedanke daran ähnelte dem Biss einer Schlange – er kam schnell und schmerzte für die Ewigkeit. Er hatte die letzte Prüfung nicht vollendet. Kian hatte nicht das töten können, was er am meisten liebte: Shahira.

Kians Fuß zögerte, und er konnte den nächsten Schritt nicht tun. Sie lebte, aber dafür hatte die Bruderschaft ihr ganzes Dorf ausgelöscht. Ein dezenter Hinweis des Alten, dass Kian seine Aufgabe zu Ende bringen musste. Der konnte nur hoffen, dass sein Meister Shahira nun für tot hielt.

Es bedeutete auch, dass er sie nie wieder sehen würde. Sie würde in Isfahan sicherlich schnell einen Mann finden, der sie heiratete und glücklich machen konnte. Einen ehrbaren Mann, keinen gedungenen Auftragsmörder. Das war es, was in Kians Zukunft lag, und dieses Schicksal musste er annehmen.

Kian sah auf. Vor ihm lag die Festung der Bruderschaft.

Der erste Schritt auf dem Weg

Shahira spürte ihre Füße bei jedem Schritt, sie schmerzten und trieben sie fast in den Wahnsinn, doch sie zwang sich weiterzugehen. ›Nur noch bis zu der Wegbiegung dort vorn‹, sagte sie sich selbst, ›nur noch wenige Schritte‹. Es war nun schon zwei Wochen her, dass der Djinn sie verlassen hatte. Nachdem sie sein Gesicht gesehen hatte, hatte sie geglaubt, er würde sie wirklich töten, doch er war einfach aufgesprungen und weggelaufen.

Zurück blieben nur der Schal und das Amulett, das sich bei seinem abrupten Aufspringen gelöst hatte. Shahira wusste nicht, ob sie ihm hinterherlaufen sollte oder nicht. Heimlich hatte sie gehofft, dass er zurückkommen würde, doch er tat es nicht.

Die Karawane kam, und Shahira ließ sie ziehen. Sie wartete bis zum nächsten Tag und beobachtete die Kamele, wie sie in gemächlichem Tempo an den Ruinen des Dorfes vorbeizogen und bald schon hinter dem Horizont in Richtung Isfahan verschwanden. Shahira wartete, verharrte und hielt geduldig aus, doch der Höhleneingang blieb leer.

Sie rang mit sich selbst: Er hatte ihr verboten, sein Gesicht zu sehen, doch Shahira hatte das Gebot gebrochen. Sie hatte den Jungen wiedererkannt, den sie damals retten wollte und den sie versehentlich so sehr verletzt hatte, dass er bis heute eine Narbe zurückbehalten hatte. Und er hatte sich auch an sie erinnert. Das war der Grund, warum er zu ihr gekommen war, auch wenn sie noch nicht ergründen konnte, warum er sie hatte töten wollen und es doch nicht getan hatte.

Schließlich packte sie die letzten Vorräte, die sie in der Höhle noch finden konnte, zusammen und schlang sich seinen Schal um die Schultern. Das Amulett hängte sie sich um den Hals und verbarg es unter ihrem Kaftan. Sie wollte den Djinn finden – den Nachtgeist, der doch keiner war. Er war ein Mann aus Fleisch und Blut, und sie musste herausfinden, warum er sie aufgesucht hatte.

Doch die Suche hatte sich als schwieriger erwiesen als gedacht. Sie wusste nicht, wo sie beginnen sollte, und sie traute sich nicht, jemandem das Amulett zu zeigen. Ihr Instinkt sagte ihr, dass es ihren Djinn in Gefahr bringen würde.

So war sie lange Zeit nur ziellos umhergeirrt, bis sie schließlich auf eine Gruppe von Männern mit Schwertern traf. Sie trugen ein fremdes Wappen und musterten sie, als sie sie passierten. »Wohin führt dein Weg, Mädchen?«, fragte einer von ihnen nicht unfreundlich. Shahira verbarg ihr Gesicht so gut es ging hinter dem Schal. »Ich bin auf der Suche nach einem Freund.«

»Ganz allein?«

Einer der anderen Männer stieß seinen Nachbarn an. »Ein Weibsbild, das ohne Mann allein umherirrt, ist höchst verdächtig, finde ich.«

Shahira presste die Lippen aufeinander und senkte den Blick. »Ich … mein Vater hat mich begleitet, doch wir wurden überfallen.« Ihre Stimme erstarb, und die Tränen, die ihre Augen füllten, waren nicht gespielt.

Der Anführer der drei Männer warf seinen Kumpanen einen tadelnden Blick zu. »Dein Verlust tut mir leid, Kind. Sag mir, wie heißt dein Freund?«

Ihr wurde kalt – sie kannte den Namen des Djinns nicht!

»Er heißt Jahmud«, log sie. »Am Mundwinkel hat er eine Narbe, und er hat blaue Augen. Auf seinen Armen sind dunkle Linien und ...«

Der Anführer und seine Männer wirkten auf einmal sehr viel aufmerksamer und alarmiert. Einer von ihnen riss so stark an den Zügeln seines Pferdes, dass dieses erschrocken schnaubte. »Dunkle Linien, die sich über seinen Körper ziehen? Tätowierungen, die einem Labyrinth ähneln?!«, fragte er.

Shahira begriff, dass sie einen Fehler gemacht hatte und verfluchte sich selbst. »Ich weiß nicht. Ich habe nur seine Arme gesehen – er ... er hat mich vor den Räubern gerettet, und ich wollte mich bei ihm bedanken.«

»Ein Mitglied der Bruderschaft, das eine Frau ohne jede Bezahlung rettet?« Die Worte waren nur getuschelt, doch Shahira verstand sie sehr gut. Sie unterdrückte den Wunsch, nach dem Amulett zu tasten. »Er hat mich nicht geschändet, falls ihr das meint«, sagte sie schärfer als beabsichtigt. »Er hat mir das Leben gerettet, und ich will ihm danken. So hat mein verstorbener Vater es mir beigebracht, und ich will ihm Ehre erweisen und nach seiner Erziehung handeln.«

Der Anführer schien mit sich selbst zu ringen, und seine Männer verhielten sich ausnahmsweise still. »Vor einigen Tagen sind wir einem Mann begegnet, der vielleicht der sein könnte, den du suchst. Folge dem Weg drei Tage lang in diese Richtung, dann solltest du an den Ort kommen, an dem wir ihn gesehen haben.«

Es war ein winziger Hoffnungsschimmer – endlich besaß sie einen Anhaltspunkt, wenn auch nur einen sehr vagen. Sie verneigte sich vor den Männern. »Ich danke euch, Herr.«

Der Anführer nickte und ritt wieder voran. Seine Männer folgten ihm, und Shahira folgte dem Weg, der ihr gezeigt worden war.

Shahira erreichte die nächste Wegbiegung auf der Strecke, doch sie konnte nicht mehr. Drei Tage lang hatte sie nicht geschlafen und kaum gegessen. Völlig entkräftet schleppte sie sich weiter, aber sie wollte nicht ruhen, ehe sie einen weiteren Anhaltspunkt gefunden hatte. Doch jetzt ließ ihr Körper sie im Stich; sie konnte keinen Schritt mehr machen. So sank sie einfach neben der Straße in die Knie, ohne sich auch nur umzusehen. Lange Zeit hockte sie im Staub und versuchte, das Zittern wieder unter Kontrolle zu bekommen. Sie wusste nicht, wie lange sie so saß, als sie das Rumpeln eines Wagens aufschrecken ließ. Es war ein Karren, der von zwei Ochsen gezogen wurde. Das ungewöhnliche Gefährt knarrte unter dem Gewicht der Frauen, die darin saßen. Sie lachten, und selbst auf die Entfernung konnte Shahira den Wein riechen, der in großen Schläuchen herumgereicht wurde. Vorn auf dem Karren saß eine alte Frau, deren Gesicht so verschrumpelt war, dass es aussah wie ein Stück Holz, das zu lange in der Sonne gelegen hatte. Mit einem kurzen Hieb ihres Stocks auf den Nacken der Ochsen bedeutete sie ihnen stehen zu bleiben, und der Karren machte so abrupt halt, dass die Frauen hinten durcheinanderpurzelten. Sie kreischten und fluchten auf so derbe Weise, wie Shahira es noch nie zuvor gehört hatte. Glühend rot im Gesicht, senkte sie den Blick.

Die alte Frau beugte sich zu Shahira herunter und musterte sie. Die wusste nicht, was so interessant an ihr sein mochte, bis ihr Blick auf ihre Brust fiel. Das Amulett war ihr aus dem Ausschnitt gerutscht und lag nun deutlich sichtbar auf dem dunklen Stoff ihres Kaftans. Shahira versteckte es hastig unter ihrem Schal, doch die Alte hatte es bereits gesehen. Sie grinste zahnlos. »Woher hast du das, Täubchen?«

Shahira haderte mit sich, sagte aber schließlich: »Ein Freund hat es mir gegeben.«

»Soso, und wo ist dieser Freund?«

»Ich weiß es nicht«, gab sie zu. »Ich suche ihn. Er hat mir einen großen Dienst erwiesen, und ich will mich bedanken.«

Das Grinsen der Alten wurde breiter. »Bedanken willst du dich? Da hast du Glück. Ich weiß, wo du ihn finden kannst.«

Shahira warf einen Blick auf die Frauen, die mittlerweile trotz des Alkohols mitbekommen hatten, dass da etwas vor sich ging und neugierig über den Rand des Karrens lugten.

»Wo kann ich ihn finden?«, fragte Shahira, auch wenn sie bereits ahnte, wohin das führen würde.

»Ich zeige es dir – es ist nicht weit. Wir fahren sogar dorthin; steig auf, dann nehmen wir dich mit.«

Shahira wusste, dass es ein Fehler war, aufzusteigen, doch die Alte hatte auf ihr Amulett reagiert, und einen anderen Anhaltspunkt hatte Shahira nicht. Sie wusste nicht, wohin sie sich noch wenden sollte – den Punkt, den die Männer ihr genannt hatten, hatte sie schon lange erreicht, und es gab nichts, was ihr sonst weitergeholfen hätte. Die Alte war ihre einzige Chance.

Shahira stand auf und kletterte unter dem Johlen und den Pfiffen der Frauen neben die Alte. »Dann bringt mich zu ihm.«

Der Wagen rumpelte weiter durch das karge Land, das nur aus Steinen, Felswänden und Geröll zu bestehen schien. Die Alte schmatzte hin und wieder, sprach aber nicht viel. Dafür war ihre »Fracht« umso lauter. Die Frauen waren mittlerweile so betrunken, dass sie lauthals sangen und dann in hysterisches Kichern ausbrachen. »Was für eine Fahrt ist das?«, traute Shahira sich nach einer Weile zu fragen. Die Alte wackelte mit dem Kopf. »Geschäftliches, mein Täubchen.«

»Ein Geschäft mit Frauen?«, fragte Shahira. Die Alte lachte meckernd. »Das Einzige, das es gibt.«

Shahira versteifte sich. Sie hatte es geahnt, aber nun Gewissheit zu haben, erschreckte sie. Der Karren war beladen mit gefallenen Frauen. Huren.

»Und wohin geht die Fahrt?«, fragte sie mit dünner Stimme. Die Alte deutete auf eine Schlucht, die vor ihnen lag. Dahinter zeigten sich die Spitzen zweier Türme; sie mussten riesig sein, wenn sie selbst auf diese Entfernung zu sehen waren. »In die Feste Qum'aman. Dort wirst du auch deinen Freund finden. Er wird sicherlich erleichtert sein, sein Schmuckstück zurückzuerhalten.«

Ertappt presste Shahira die flache Hand auf die Stelle, an der sich ihr Amulett abzeichnete. »Wer sagt dir, dass er es mir nicht geschenkt hat?«

»Täubchen, wenn er es dir geschenkt hätte, wäre er ein toter Mann, und das wüsste er auch. Ich weiß nicht, wer dieser Mann für dich ist oder was du zu sein glaubst, aber du hast dir mehr aufgeladen, als gut für dich ist. Die Männer, die dieses Zeichen tragen, sind Mörder. Die Besten, aber dennoch Mörder.«

Shahira wollte vom Karren springen und weglaufen, doch sie biss die Zähne zusammen. Sie musste ihn finden, alles andere war unwichtig. »Habt ihr keine Angst? Tun sie den Frauen nichts?«

»Oh nein, oh nein, mir tun sie nichts, und meine Ware beschädigen sie auch nie. So lautet die Vereinbarung. Ich bin die Einzige, die den Weg hinein kennt, und meine Mädchen sind immer zu besoffen, um sich den Weg zu merken. Dafür dürfen sich die Männer mit ihnen vergnügen, und danach lassen sie uns in Ruhe.«

Sie durchquerten die Schlucht, und die Stimmen der

Frauen hallten überlaut von den Felswänden wider. Eine von ihnen kippte vornüber und wäre fast zwischen Shahira und die Alte gefallen, doch die stieß die besoffene Frau unsanft zurück, wo sie auf zwei andere fiel. »Betrunkenes Pack«, brummte die Alte und trieb die Ochsen weiter an. Unaufhaltsam näherten sie sich der Burg, die Shahira nun deutlich sehen konnte. Die beiden Türme flankierten das mächtige, doppeltürige Eingangstor und ragten wie drohende Speerspitzen in den Himmel, als wollten sie ihn aufschlitzen. Links und rechts von ihnen ragten hohe Wände auf, die sie einzukesseln schienen.

Ohne den Blick von den aufragenden Burgmauern zu nehmen, sagte sie: »Ich werde genauso zur Ware werden, wie diese Frauen, nicht wahr?«

Es war eine Feststellung, keine Frage. Shahira wusste es; und doch hatte sie keine Angst. In ihrem Innern fühlte sie eine Leere, in der nur der Wunsch brannte, den Djinn wiederzufinden.

Die Alte musterte sie von der Seite, schnaubte und zuckte mit den Schultern. »Nicht, wenn du etwas anderes kannst.«

Shahira wurde hellhörig. »Ich kann klettern und eine Ziege schneller melken als jede andere.«

Die Alte lachte meckernd und schüttelte den Kopf. »Ziegen melken? Täubchen, da drin findest du eine Menge Dinge, die du gehörig melken kannst, aber Ziegeneuter gehören sicher nicht dazu.«

Kaum, dass sie das gesagt hatte, kam Shahira sich unglaublich dumm vor. Sie hätte sich denken können, dass ihre Talente hier vollkommen unnütz waren. Die Mauern der Burg näherten sich unaufhaltsam; bald würde der Karren das Tor passieren. Shahira konnte bereits sehen, wie die Doppeltür aufzogen wurde.

»Ich kann tanzen«, sagte sie hastig.

»Du lügst doch.«

»Nein! Lasst es mich euch zeigen, und ich schwöre, es wird euch und den Männern gefallen.«

Der Tritt der Ochsen stockte kurz, als die Alte an den Zügeln zog, doch sie bewegten sich gleich weiter. »Wenn das wahr ist, Täubchen«, murmelte die Alte, »dann hast du tatsächlich einen besseren Stand als nur mit deinem hübschen Gesicht. Ich werde es darauf ankommen lassen. Falls du nicht die Wahrheit sagst, kann ich dich immer noch besteigen lassen.«

Shahira schloss die Augen.

Sie gelangten in einen dreieckigen Burghof. Die dritte Wand war nicht aus Ziegeln gemauert, sondern direkt in den angrenzenden Berg gehauen. Ihre Oberfläche war schroff und karg. Ein großes Tor führte in den Berg hinein; zwei Männer standen dort und kamen zu dem Karren, um der alten Frau die Zügel abzunehmen. Sie waren ganz in Schwarz gekleidet, und Shahira konnte nur ihre Augen sehen. Etwas an der Art, wie sie die Tücher vor das Gesicht gebunden hatten, ließ sie an den Djinn denken, und ihr Herz klopfte schneller.

An ihren Augen konnte sie sehen, dass die Männer grinsten und feixend den Frauen zuzwinkerten. Die hatten die Aufmerksamkeit bereits bemerkt und bewegten verführerisch die Hüften oder beugten sich vor, bis ihre weiblichen Vorzüge nur allzu deutlich zu sehen waren.

Die Alte schlug den Männern mit der Peitsche auf die Finger, als die zu gierig starrten. »Na, wartet wie die anderen«, tadelte sie gespielt neckisch.

»Du bist streng, Runzelfrau«, brummte einer von ihnen,

der ihr offenbar übelnahm, dass sie ihn so züchtigte. Doch die Alte zuckte nur die Achseln. »Macht schon das Tor auf, dann kommt ihr umso schneller zu eurem Vergnügen.«

Der Mann wandte sich um, und gemeinsam mit seinem Kumpan ging er zu dem Tor, um es aufzuschieben.

Shahira blickte ein letztes Mal auf die sonnenbeschienenen Wände der Mauern. Auch wenn sie dort schon eingekesselt gewesen war, so gab es hier wenigstens noch Licht. Nachdem der Wagen das Tor passiert hatte, herrschte nur noch Dunkelheit.

Die Frauen auf dem Karren quietschten und johlten, als der Karren in die pechschwarze Finsternis fuhr. Shahira konnte die eigene Hand nicht vor Augen sehen, sie hörte nur das Rumpeln der eisenbeschlagenen Räder auf dem steinernen Boden und die Frauen hinter sich. Die Alte schwieg, und auch die beiden Männer, die vorangingen, glichen körperlosen Schatten. Kein Laut drang von ihnen zum Karren herüber, nicht einmal ihre Schritte.

Shahira schloss die Augen. Sie sah dadurch nicht weniger als zuvor, doch sie konnte sich besser konzentrieren. Irgendwo, tief in diesem Berg, würde sie ihn finden. Dessen war sie sich sicher.

Es schien eine Ewigkeit zu dauern, ehe endlich Licht in das Dunkel drang. Die Frauen auf dem Karren, die während der langen Fahrt verstummt waren, jubelten.

Shahira öffnete die Augen und blinzelte. Das Licht stammte nicht von einer Fackel, wie sie ursprünglich gedacht hatte, sondern von Kerzen. Der Karren bog um eine Ecke, und plötzlich wurde der gesamte Gang von Kerzen erhellt, die an den Wänden in dicken Haltern steckten. Das Licht blendete nicht ihre Augen, sondern war angenehm und weich. »Gleich werden wir sehen, ob du ehrlich mit mir warst, Täubchen«, brummte die Alte, doch Shahira hörte sie kaum. Sie versuchte, ihr klopfendes Herz zu beruhigen.

Der Karren fuhr weiter durch den Gang, der sich plötzlich zu einem großen Saal öffnete. Er schien direkt aus dem Stein gehauen worden zu sein, wie die Burg selbst. Die Wände und Decken waren vollkommen glatt und mit bunten Bildern bemalt; sie zeigten verschiedene Motive, alles Männer, über und über tätowiert, die sich in verschiedenen Kampfarten übten. Einige schwangen Schwerter, andere Dolche oder Speere. Jeder von ihnen trug ein Amulett um den Hals, das Shahiras bis ins kleinste Detail glich.

Sie zupfte ihren Schal zurecht und bemühte sich, nicht zu auffällig zu starren, doch es gelang ihr nicht. Über dem Saal wölbte sich eine hohe, abgerundete Decke, an der sich weitere Bemalungen befanden. Von dort hingen Laternen mit buntem Glas an langen Ketten herab, die das bloße Kerzenlicht ablösten.

Der Rest des Saals war relativ karg; nur an den Seiten befanden sich Lager aus Kissen und Decken. Shahira ahnte, wofür sie bestimmt waren.

In der Mitte des Saals stand ein alter Mann, eingehüllt in einen schwarzen Umhang und mit einem ebenso schwarzen Turban. Sein Bart, strahlend weiß, hob sich als Kontrast davon ab. Über Shahiras Rücken lief ein unangenehmes Schaudern: Der Mann mit dem weißen Bart bedeutete Gefahr.

Hinter ihm standen mehrere Männer, die nur mit Hosen bekleidet waren. Ihre Gesichter waren ebenfalls vermummt, einige von ihnen trugen auch Turbane. Sie glichen den Bildern an den Wänden aufs Haar – die gleichen Amulette, die gleichen Tätowierungen. Die Blicke der Männer galten einzig und allein dem Karren und den Frauen darauf.

Shahira wagte es nicht, den Blick zu heben und nach dem

Mann mit den blauen Augen zu suchen. Die Luft war geschwängert von Hitze und seltsamen Düften, die aus Weihrauchspendern drangen, die in den Ecken des Saals standen. Sie atmete tief ein und fühlte sich sofort benommen. In den Spendern wurde ein Kraut verbrannt, das sie nicht kannte und anders roch als alles, das Shahira vertraut war.

Sie schüttelte den Kopf, um ihn freizubekommen, doch es half nicht viel. Bleierne Müdigkeit fuhr ihr in die Glieder, gleichzeitig fühlte Shahira sich so ausgelassen und entspannt wie nie zuvor. Sie lächelte sogar.

»Du kommst spät«, sagte der weißbärtige Mann, und die Alte lachte keckernd. »Sind deine Jungen schon so ungeduldig?«

Der Mann lächelte nur schmal. Er wandte sich zu den halbnackten Männern und nickte, woraufhin die gespannte Stimmung Erwartung und Vorfreude wich. Shahira konnte es beinahe körperlich spüren und seufzte leise. Ihr war danach zu tanzen, sich zu bewegen, und sie spürte, wie ein nur allzu vertrautes Sehnen in ihrem Schoß erwachte. Sie sehnte sich nach dem Djinn, nach seinen weichen Lippen, seinen Händen, die über ihren Körper glitten und sie endlich wieder dem Höhepunkt so nah brachten, dass sie alles tun würde, um den Gipfel mit ihm zu erreichen.

»Kannst es nicht mehr erwarten, Täubchen? Das kannst du haben«, sagte die Alte, und in dem Moment merkte Shahira erst, dass ihr Körper sich bereits im Takt einer ungehörten Musik gewiegt hatte und mehr als nur ein Mann sie musterte. Diesmal machten ihr die Blicke nichts aus, im Gegenteil, sie genoss sie.

Die Alte gab Shahira einen Stoß, das reichte als Aufforderung. Shahira glitt vom Karren und sah zu den Frauen, die sie mit einer Mischung aus Neugierde und Eifersucht beobachteten. »Singt«, bat Shahira leise. Die betrunkenen und vom Rauch berauschten Frauen verstanden nicht sofort, bis auf eine. Sie grinste breit, sprang vom Karren und stellte sich neben Shahira. Die Hände in die Hüften gestemmt, legte sie den dunklen Lockenkopf in den Nacken und begann ein Lied anzustimmen, dessen Melodie rhythmisch und schnell durch den Saal schallte.

Jetzt verstanden auch die restlichen Frauen auf dem Karren, und sie klatschten im Takt, während Shahira ihren Körper einfach tun ließ, was er sich so sehnlichst wünschte. Sie ließ ihre Hüften kreisen, streifte ihren Schal ab und nutzte ihn, um damit zu tanzen.

Sie drehte sich um sich selbst, lachte und schüttelte den Oberkörper. Das Leben war leicht, sie selbst war leicht, und kein Kummer konnte sie an diesem Punkt mehr erreichen. Mit einem lauten Jauchzen drehte sie sich um sich selbst und lachte, bis sie jemand mit seinen Armen umfasste und davor bewahrte, einfach zu Boden zu stürzen, weil sie das Gleichgewicht verlor.

Sie sah auf, und ihr Blick wurde von blauen Augen erwidert, so blau wie der Himmel über der Wüste. »Schöner Djinn«, flüsterte sie glücklich und schlang instinktiv ihre Arme um seinen Nacken.

»Wer sagt, dass Kian die Tänzerin bekommt?«, knurrte plötzlich jemand, und Shahira sah verwirrt auf. Sie lag in den Armen des Djinn – Kian, hallte es in ihrem Kopf wieder, Kian –, und offenbar hatte ihr Tanz dafür gesorgt, dass die Männer ihre Hemmungen verloren. Keine der Frauen war noch auf dem Karren, viele lagen in den Armen der Männer oder wälzten sich mit ihnen auf den Lagern aus Kissen.

Nur einer stand noch neben dem Weißbärtigen und funkelte Shahira und den Djinn wütend an. Sie hielt seinem Blick stand und schmiegte sich näher an Kian. Der löste seinen Griff nicht, im Gegenteil, er zog sie noch fester an sich. »Sie hat ihre Wahl getroffen«, brummte er. »Such dir eine andere.«

»Wie kannst du …«

Der Mann wollte einen drohenden Schritt auf Kian zu machen, doch der Weißbärtige hob den Arm und hielt ihn auf. »Er hat recht«, brummte er. »Lass ihm die Tänzerin. Es gibt genug Huren, such dir eine von denen aus.«

Der Mann antwortete nicht, doch Shahira war sich sicher, dass, wenn der alte Mann nicht gewesen wäre, es zum Kampf gekommen wäre. Doch ihre Aufmerksamkeit wurde schnell wieder auf den Djinn gezogen, der sie von den beiden Männern wegzog. Erst als sie außer Hörweite waren, beugte er sich zu ihr und zischte: »Was tust du hier?!«

»Ich habe dich gesucht«, flüsterte sie und sah ihn fest an. »Du bist einfach verschwunden, ohne ein Wort.«

»Ich dachte, du wärst längst auf dem Weg nach Isfahan!« Er wirkte nicht wütend, eher verwirrt.

»Ich konnte nicht – nicht, nachdem ich dein Gesicht gesehen hatte.«

Sie hob die Hand und berührte die Stelle auf seinem Tuch, unter der sie seinen Mundwinkel vermutete. »Wir kannten uns schon lange, bevor ich mich an dich erinnert habe. Die Narbe habe ich dir beigebracht.« Die berauschende Wirkung des Rauchs hielt noch immer an. Shahira grinste und stupste mit dem Finger gegen seine Nasenspitze. »Bist du deshalb gekommen und wolltest mich töten?«

Sein Blick verdüsterte sich. »Nein«, murmelte er. »Aber sie werden dich töten, wenn sie herausfinden, wer du bist.«

»Das ist mir egal«, antwortete sie. »Ich wollte dich wiedersehen – der Gedanke, nicht bei dir zu sein, hat mich zerrissen.«

Er starrte sie ungläubig an. »Das kannst du nicht ernst meinen.«

Sie legte den Kopf schief und berührte abermals das Tuch vor seinem Gesicht. »Warum nicht?« Sie umarmte ihn fest und vergrub das Gesicht an seinem Hals. »Als du fort warst, gab es nur noch furchtbare Leere in mir. Ich konnte nur daran denken, dich wiederzufinden. Selbst die Hölle hätte ich dafür durchquert.«

Er drückte sie an sich und sah sich im Saal um. »Komm«, sagte er leise und führte sie zu einem Kissenlager, das etwas abseits lag. Er ging auf die Knie und zog sie mit sich herunter. Um sie herum erklangen Laute der Lust – Shahira konnte deutliches Stöhnen hören, das Rascheln von bloßen Händen auf Kleidern und Stoff, der zu Boden fiel. Und über allem lag das schwere Aroma der Weihrauchspender, aus denen noch immer der seltsame Duft strömte.

Sie legte ihre Hände auf seine Schultern. »Darf ich dein Gesicht sehen?«

»Nein, es ist verboten. Und sie müssen dich für eine Frau wie die anderen halten, damit dir nichts geschieht.«

Shahira legte ihre Hände auf seine breiten Schultern und seufzte zufrieden, als sie endlich wieder die seidige Textur seiner Haut auf der ihren spüren konnte. »Schöner Djinn«, wiederholte sie und setzte einen Kuss auf das schwarze Tuch vor seinem Mund. Ihr Kopf rutschte tiefer, und sie legte ihre Lippen auf seinen Hals, küsste ihn und knabberte an der weichen Haut. Der Geschmack war mindestens ebenso berauschend wie der seltsame Rauch, wenn nicht noch mehr. Sie schmiegte sich an ihn und wisperte in sein Ohr: »Berühre mich.«

Er zögerte, doch bald spürte sie seine Hände, die unter ihren Kaftan glitten und ihren Rücken streichelten. Es war elektrisierend und sandte Schauer über ihren ganzen Körper. Sie seufzte und presste sich an ihn, richtete sich auf und schob ihm ihr Becken entgegen. Sie spürte nur zu deutlich die harte Erhebung unter seiner Hose und musste sich zügeln, um nicht einfach den Verschluss aufzuzerren und sich zu nehmen, was sie so sehr begehrte.

Sonst hätte sie der Gedanke an andere Menschen, die sie stöhnen hören konnten, vor Scham vergehen lassen, doch Shahira war völlig losgelöst von allem, was sie hemmen mochte. Sie keuchte in das Ohr des Djinns und rieb ihren Schamhügel gegen die Beule zwischen seinen Beinen.

Er schluckte hörbar und drückte sie rücklings auf das Kissenlager, bis sie lag und schwer atmend zu ihm aufsah. Er schob ihren Kaftan höher, hob seinen Schal an und küsste ihren bebenden flachen Bauch. Seine Lippen waren so weich und suchend, wie Shahira es bisher noch nie erlebt hatte. Sanft glitten sie höher, schoben den Kaftan bis über ihre Brüste, und stöhnend bog Shahira den Rücken durch. Sie hielt sich an seiner Schulter fest und streichelte seinen Rücken. Unter ihren Fingern spürte sie seine Muskeln zucken, als er sich höher bewegte. Auch diesmal blieb sein Gesicht verborgen, doch nun wusste sie, wie das Gesicht darunter aussah. Der Gedanke daran war ebenso erotisch wie seine Berührungen. Seine Zunge hatte die Kuhle zwischen ihren Brüsten erreicht, deren Nippel wie winzige, rosige Perlen in die Höhe ragten. Vorwitzig drängten sie sich seinem Mund entgegen, und er umfing sie mit seinen Lippen. Ein wohliger Schauder rann über ihren Rücken, als seine Zähne folgten und sanft an ihren Nippeln zupften.

Shahira wimmerte und suchte Halt in den Decken unter ihr. Ihre Hände zerwühlten die Stoffe und Kissen, doch es kümmerte sie nicht. Alles, was sie wollte, war, dass er fortfuhr, sie zu liebkosen.

Seine Hände folgten langsamer dem Pfad, den sein Mund gezeichnet hatte. Sie strichen über Shahiras Flanken, ihre Seiten und den Rippenbogen. Jeder Flecken Haut, an dem seine Hände fehlten, fühlte sich kalt und einsam an, und Shahira wünschte sich, dass sie ihn überall an sich spüren könnte.

Er richtete sich auf und zog sie mit sich, um ihren Kaftan ganz auszuziehen. Halbnackt sank sie wieder auf das Lager zurück und schloss seufzend die Augen. Der Djinn beugte sich wieder über sie und reizte ihre linke Brust mit Zunge, Lippen und Zähnen, während seine Hand die rechte fand.

Shahira spreizte die Beine, um ihn dazwischenrutschen zu lassen, und hob ihm ihr Becken entgegen, doch er ignorierte sie. Offensichtlich wollte er sie länger quälen.

Quälend langsam glitt er wieder an ihr herab, küsste dabei jeden Zentimeter Haut, den er erreichen konnte und näherte sich Shahiras Quell der Lust.

Plötzlich spürte Shahira ein Paar schmaler Hände, das ihre Handgelenke umfasste. Überrascht sah sie auf und sah zwei der Huren neben sich knien, eine auf jeder Seite ihres Kopfes. Beide waren nackt, bis auf klimpernde Goldkettchen um Hüften und Fußgelenke. Ihr Haar war offen und fiel ihnen über die Brüste. Die Hure auf der linken Seite hatte helles, braunes Haar, das ihre winzigen Knospen streifte. Sie konnte kaum älter sein als Shahira; ihre Reife war noch nicht lange her. Dennoch hatte ihr Lächeln etwas Wissendes, das sie niemals von alleine gelernt haben konnte.

Die Frau auf der anderen Seite hatte eine atemberaubende Lockenpracht und ebenso atemberaubende Brüste, die bei jeder Bewegung wogten und wippten. Die Brustwarzen waren größer als Shahiras oder die der anderen Frau und hatten eine lockende dunkelrote Farbe.

Während die eine Frau sie sanft, aber bestimmt festhielt,

beugte die jüngere Brünette sich über Shahiras nackten Oberkörper. Ihr langes Haar glitt über Shahiras Nippel, und sie schrie überrascht auf, denn genau in diesem Moment zog der Djinn ihr die weite Hose über die Beine und warf sie beiseite. Sein Mund legte sich auf ihre tropfnasse Scham, und seine Zunge glitt zwischen die weichen Schamlippen.

»So ein hübscher Neuzugang«, sagte die Brünette, und die Frau mit den schwarzen Locken nickte. Shahira bemerkte es nur am Rande, denn die Zunge ihres Djinns katapultierte sie in neue Höhen.

»Ich möchte sie auch kosten«, sagte die Frau mit den schwarzen Locken und beugte sich herab, während sie Shahira weiter festhielt. Ihr Mund mit den vollen Lippen berührte Shahiras Brüste, und sie wand sich, als sie plötzlich mehr Lust erfuhr als jemals zuvor. Zwei Lippenpaare, die sie berührten, sie leckten und von ihr kosteten, als wäre sie eine reife Frucht.

Auch die Brünette wollte mitmachen und widmete sich Shahiras anderer Brust. Shahira erschauderte, fast waren die Liebkosungen zu viel für sie. Sie zitterte und bebte, doch die beiden hielten sie unerbittlich fest. Sie war dazu verdammt, alle quälenden Berührungen zu ertragen, die sie gleichzeitig Höllenqualen und himmlische Genüsse erleben ließen.

Shahira schrie, keuchte, bettelte und flehte. Ihr Körper verriet sie, stand förmlich in Flammen, aber durch den Nebel der Lust konnte Shahira noch erkennen, was sie am meisten ersehnte – sie wollte den Djinn in sich spüren.

Während die beiden Frauen weiter nicht von ihr abließen und ihre Brüste und den Bauch liebkosten, hob Shahira den Kopf. »Schöner Djinn …«, murmelte sie und schob ihre Yoni seiner emsig arbeitenden Zunge entgegen. Doch er entzog sich ihr und richtete sich auf den Knien auf. Sein Blick lag unerschütterlich auf Shahira, ohne den beiden Huren die geringste Aufmerksamkeit zu schenken, während er langsam den Knoten an seiner Hose löste und den schwarzen Stoff auseinanderschlug. Zwischen seinen Schenkeln ragte seine Erektion hart und lang hervor. Shahira leckte sich unbewusst die Lippen und keuchte.

Er fasste ihren Arm und schob die beiden anderen Frauen beiseite, die empört schmollten, aber nicht widersprachen. Bestimmt fasste er ihren Nacken und führte sie näher zu seiner Männlichkeit. Shahira zögerte nicht – sie hielt sich an seinen Hüften fest und senkte ihren geöffneten Mund um die Spitze seines Lingams. Der Djinn legte keuchend den Kopf in den Nacken und schob sich ihr entgegen, doch sie ließ ihn nicht. Diesmal wollte sie bestimmen, wie tief und wie lange er in ihrem Mund bleiben durfte.

Die brünette Frau war bei ihnen geblieben, denn Shahira spürte ihren schmalen Körper, der sich an ihren Rücken schmiegte, und ihre Hände, die nach ihren Brüsten tasteten. Shahira seufzte leise und begann an der Eichel des Djinns zu saugen. Seine Finger, die sich in ihrem Haar verloren und sie näher zu drücken versuchten, waren ihr Beweis genug, dass es ihm gefiel. Fast hätte sie gelächelt.

Ihr Mund entzog sich ihm, nur um ihn Sekunden später wieder aufzunehmen, so tief, wie es ihr möglich war. Er schnappte nach Luft, und sie tat es ihm nach, als die Finger der jungen Hure ihren Schoß fanden. Sie war geschickt; ihre Fingerkuppe glitt über Shahiras Perle, hauchzart und kaum spürbar, nur um im nächsten Augenblick fest darum zu kreisen.

Shahira bewegte ihre Hüften gegen die schlanken Finger und saugte gleichzeitig umso fester an der fleischigen Härte in ihrem Mund. Das versetzte den Djinn in Rage – er packte ihren Kopf, stieß tief in ihren Mund, und diesmal ließ sie ihn gewähren. Er glitt überraschend leicht zwischen ihren Lippen ein und aus, und sie presste versuchsweise ihre Lippen fester aufeinander. Der Effekt war überraschend – der Djinn verharrte und knurrte so tief in der Kehle, dass Shahira es mehr spürte als hörte.

Sie kam.

Die brünette Frau schob ihr in diesem Augenblick drei ihrer ausgestreckten Finger tief in die Spalte, und Shahira schrie auf. Ihre Welt löste sich auf, in dem berauschenden Rauch und der Lust, die ihren Körper schüttelte, ehe sie in Schwärze versank.

Als sie wieder zu sich kam, lag sie in den Armen des Djinns, der sich über sie beugte. Sie blinzelte und merkte in dem Moment, dass er bereits in ihr war – er bewegte sich nicht, doch sie spürte seinen Lingam tief in ihrem Schoß zucken. Die Bewegung reizte ihre Scham, die noch immer empfindlich von ihrem eigenen Orgasmus war. Schutzsuchend schmiegte sie sich in die Arme ihres Liebhabers, und er presste sie an sich, bis Shahira glaubte, keine Luft mehr zu bekommen. Dennoch tat sie nichts, um die Umarmung zu lösen. Er hob den Kopf, und der Blick aus seinen Augen war blau, so unendlich blau, und verschränkte sich mit ihrem. Der Djinn bewegte sich zwischen ihren Schenkeln, und es war mit nichts zu vergleichen, was Shahira jemals in ihrem Leben gespürt hatte. Obwohl sie den Gipfel der Lust bereits bestiegen hatte, spürte sie, wie ihr Körper erneut auf ihn reagierte, und sie klammerte sich an ihn.

Ihre Vereinigung war diesmal anders als in den Nächten, in denen er bei ihr gelegen hatte. Shahira fühlte sich ihm näher als zuvor, und sie wollte mehr davon. So viel mehr.

Kian hätte seinen Höhepunkt am liebsten ewig hinausgezögert, doch er verlor mehr und mehr die Kontrolle über sich. Shahira war wieder bei ihm, endlich hielt er sie wieder in seinen Armen. Sie hob sich ihm entgegen, stöhnte und keuchte und ließ damit seine mühsam aufrecht erhaltene Beherrschung bröckeln. Ihr dunkles, langes Haar lag unter ihr ausgebreitet wie ein kostbarer Teppich, ihre goldglänzende Haut war mit einem feuchten Schimmer überzogen, und die Lust steigerte diesen Effekt noch. Nie zuvor hatte er etwas Schöneres gesehen, und sein Schwanz wollte schier explodieren vor Ekstase. Sie war noch immer eng und so heiß, dass er sich wünschte, noch tiefer, noch weiter in sie hineinstoßen zu können. Ihre Yoni zuckte von ihrem vorangegangenen Orgasmus – er hatte das noch nie bei ihr gefühlt und stöhnte vor Wollust.

Er wollte sie an sich reißen, sie einfach mit sich fortnehmen, ihr sagen, dass er sie nicht mehr fortlassen wollte, aber wenn er das tat, wüsste der Alte, wer sie war. Es war ihm nicht einmal gestattet, ihren Namen zu sagen. Sie musste die Festung so schnell wie möglich verlassen. Und das bedeutete, dass er sie nie wieder sehen würde.

Sie stöhnte und klammerte sich an ihn – ihre Hüften bewegten sich wie in Trance, schienen darum zu betteln, dass er noch tiefer in sie stieß. Er biss die Zähne zusammen und verlangsamte sein Tempo, um nicht sofort zu kommen. Es würde das letzte Mal für sie beide sein, und er wollte jede Sekunde davon auskosten.

Shahira riss die Haut auf seinem Rücken mit ihren Nägeln auf, und sie schrie. Das Opium in den Weihrauchspendern hatte sie berauscht und ihre Hemmungen fortgewischt. Sie gab sich ihm vollkommen hin und forderte seine Selbstkontrolle heraus.

Er zwang sich aufzusehen. Der Alte thronte noch immer wie ein Habicht in der Mitte des Saals und beobachtete mit einem Lächeln die Männer, die sich mit den Frauen amüsierten und damit ihre Belohnung für die Dienste der letzten Wochen erhielten. Nur einer hatte sich keine Frau genommen und beobachtete düster das Treiben – Karad. Er und Kian waren schon immer Rivalen gewesen, vor allem, da der Alte Kian bevorzugte, und Kian hatte sich bemüht, dies so gut es ging zu ignorieren. Aber er hatte nicht zulassen können, dass Karad Hand an Shahira legte. Kein Mann außer ihm durfte sie berühren – allein die Vorstellung trieb ihn zur Raserei.

Er stieß härter in Shahira. Sie gehörte ihm, nur ihm!

Shahira keuchte und zuckte unter ihm. Er ließ sich vollkommen gehen, stieß fester in sie, und brachte sich selbst an den Rand des Höhepunktes. Dann hielt er inne – er wollte noch warten, doch Shahira überraschte ihn, als sie ihre Finger in seinen Hintern grub. Er schrie auf, und sein Samen floss heiß in sie.

Dann ertönten die Schreie.

Ein letzter Blick

Shahira blinzelte – alles war verschwommen, und sie fühlte sich matt. Ihr Körper zitterte immer noch unter den Nachwirkungen ihres Höhepunktes, aber etwas fehlte. Jemand …

Sie bemühte sich, die Augen zu öffnen und klar zu sehen, aber es fiel ihr so unendlich schwer.

»Die Männer des Kalifen!«, brüllte jemand, und übertönte damit selbst die entsetzten Schreie der Frauen, die von irgendetwas aufgescheucht worden waren. Sie waren hergekommen, um … sie hatten … Die Gedanken tanzten wie Schmetterlinge in Shahiras Kopf umher, doch sie konnte keinen von ihnen so recht fassen. Nur in ihrer Brust breitete sich das bange Gefühl aus, etwas Wertvolles verloren zu haben.

Sie hob den Kopf; überall liefen nackte oder halbnackte Frauen umher, ohne zu wissen, wo sie eigentlich hinwollten. Einige andere hatten sich in die entlegenste Ecke des Saals gedrückt und klammerten sich Hilfe suchend aneinander. Etwas hatte sie verschreckt. Etwas Lautes.

Shahira hörte lautes Krachen, und mehrere Männer rannten nackt oder halbwegs bekleidet zur Eingangstür, hinter der der Lärm ertönte. Bevor sie die Tür erreichen konnten, wurde die Tür aufgebrochen, und mehrere Männer in schweren Kettenhemden stürmten herein – jeder von ihnen schwang ein langes Krummschwert und trug ein blaues Wappen auf goldfarbenem Grund auf der Brust.

Metall traf kreischend auf Metall; das Geräusch bohrte

sich regelrecht in Shahiras Gehirn, und sie sank wimmernd zusammen, die Hände auf die Ohren gepresst. Das Schreien der Frauen erreichte eine neue, schrillere Note, als die Männer mit dem Wappen die Menschen im Saal immer weiter zurückdrängten.

Einer der Männer mit Wappen kam auf sie zu, den scharfen Stahl drohend erhoben. Sie schrie auf, doch der Mann brach vor ihr zusammen, als ein geworfener Dolch in seinen Hals eindrang. Er röchelte, und Blut befleckte Shahiras nackten Körper. Es fühlte sich heiß an, und der metallische Geruch überdeckte jeden anderen im Saal.

Der Mann war nicht das einzige Opfer – immer mehr Männer auf beiden Seiten lagen verletzt oder gar tot auf dem Boden. Shahira hob den Kopf und sah sich um, als der Rausch verflog und ihr wieder einfiel, weswegen sie eigentlich hier war. »Kian?«, flüsterte sie, doch es verhallte ungehört unter dem Brüllen und den Schreien. Sie hob den Kopf und versuchte ihn zu finden – und endlich sah sie ihn, auf der anderen Seite des Saals. Er war in Begleitung des alten Mannes, der sich an einem der Wandgemälde zu schaffen machte. Er drückte darauf, und das Gemälde glitt zur Seite, gerade weit genug, um einigen der Männer in Schwarz die Flucht zu ermöglichen.

Kian blickte noch einmal zurück, und sein Blick traf Shahiras. Sie konnte seine Augen sehen, doch was sie darin las, verstand sie nicht. Er hielt ihren Blick fest, sah sie lange an, dann verdüsterte sich sein Ausdruck. Abrupt wandte er sich ab und verschwand hinter der Geheimtür, ehe sie sich schloss.

Fassungslos saß sie auf dem erkaltenden Boden, inmitten der Kämpfe um die Festung, die noch zwischen den Männern des Kalifen und den Assassinen tobten, und konnte nicht begreifen, dass Kian sie im Stich gelassen hatte. Er ließ sie zurück, um sein eigenes Leben zu retten; wie ein Tier, das man nicht mehr benötigte.

Shahira konnte förmlich spüren, wie alles Leben aus ihr wich. Sie war verraten worden und musste nun den Preis dafür bezahlen. Schutz suchend raffte sie ihre Kleider zusammen und bedeckte sich damit so gut es ging, während das Chaos weiter um sie wütete. Jetzt ging es darum, sich selbst zu schützen; niemand würde sie retten. Die Erkenntnis wirkte wie ein Kübel Eiswasser, und mit einem Mal fühlte sich auch ihr Geist kalt wie Eis an. Sollte sie das hier überleben, so gab es etwas, wofür sie weiterleben wollte – sie würde Kian wiederfinden und ihn für seinen Verrat büßen lassen.

Kurz entschlossen tastete sie nach dem Griff des Dolches, der noch aus dem Körper des Soldaten vor ihr ragte. Sie umschloss ihn und zog versuchsweise daran, doch der Stahl steckte fester im Körper des Mannes, als sie gedacht hatte. Erst als sie beide Hände um den Griff legte und mit aller Kraft zog, glitt der Dolch mit einem schmatzenden Geräusch aus dem toten Mann.

Shahira unterdrückte ihren Ekel und richtete sich auf. Die Kämpfe ebbten ab; die Frauen standen noch immer wie eine verängstigte Herde zusammengedrängt, doch viele der Männer aus der Burg waren tot. Shahira erkannte, dass dies nicht nur an den Männern des Kalifen lag: Sobald einer der schwarzgekleideten Kämpfer drohte zu unterliegen, nahm er seine eigene Waffe und rammte sie sich in den Bauch.

Der metallische Geruch nach Kupfer schwängerte mittlerweile den gesamten Raum, und Shahira kämpfte mit der Übelkeit. Der Rausch hatte sie mit pochenden Kopfschmerzen zurückgelassen, und sie konnte den Anblick der Sterbenden und Toten kaum ertragen.

Sie taumelte, den Dolch fest in der Hand, vorwärts. Die meisten Männer beachteten sie nicht weiter, sondern waren auf den Kampf konzentriert. Es waren nur noch wenige Meter bis zur Tür, und für einen kurzen Moment regte sich die wilde Hoffnung in Shahira, dass sie unbeschadet aus der Burg entkommen könnte.

Die Hoffnung zerschlug sich, als ein weiter Mann den Saal betrat. Shahira erkannte ihn sofort: Es war der Anführer der drei Männer, die sie auf dem Weg zur Burg getroffen hatte. Prüfend sah er sich im Saal um, in dem der Boden mit leblosen Körpern übersät war. Sein massiger Körper blockierte die Tür, und sein Blick blieb an Shahira hängen. Er runzelte die Stirn, und sie konnte sehen, wie das Erkennen einsetzte.

Bevor sie reagieren konnte, war er bei ihr und fasste ihr Handgelenk. »Dir verdanken wir so einiges, Mädchen«, sagte er und musterte sie. Shahira konnte sich vorstellen, was für einen Eindruck sie machen musste, mit den zerwühlten Haaren, der blutbefleckten Kleidung und dem rot verschmierten Dolch.

»Haben sie dir etwas angetan? Oder hast du deinen Freund gefunden?«

Doch bevor Shahira zu einer Antwort ansetzen konnte, wurde ihr schwarz vor Augen, und sie sank in eine erlösende Ohnmacht.

Der Boden unter ihr rumpelte. Shahira hob den Kopf, noch bevor sie die Augen geöffnet hatte, und verfluchte sich im nächsten Moment selbst. Die winzige Bewegung ließ höllische Schmerzen in ihrem Kopf explodieren. Stöhnend sank sie wieder zurück und betete, dass der Boden endlich aufhören würde zu beben. Eine Weile blieb sie einfach so liegen ohne sich weiter zu rühren, in der Hoffnung, dass der Schmerz endlich abklang.

Das Liegen half – irgendwann wurde der Schmerz zu einem dumpfen Pochen in ihrem Hinterkopf. Shahira wagte es, die Augen zu öffnen.

Um sie herum war es dunkel. Der Boden unter ihr war aus Holz und schwankte. Ein Karren.

Die Seiten des Gefährts und auch die Decke waren mit einer Plane überzogen, die keinerlei Licht von draußen hereinließ. Versuchsweise setzte Shahira sich auf – nur kurz wurden die Schmerzen wieder stärker, doch es war erträglich.

Sie fuhr sich mit der Zunge über die aufgeplatzten Lippen. Wasser. Sie brauchte Wasser. Vorsichtig tastete Shahira mit der Hand über die Plane, auf der Suche nach einer Öffnung. Sie musste trinken, und dann musste sie herausfinden, wer sie auf diesen Karren geladen hatte und was derjenige mit ihr vorhatte.

Auf der Suche nach einem Spalt im Stoff stieß sie auf einen runden Gegenstand. Beim näheren Ertasten stellte dieser sich als Flasche mit Korkverschluss heraus. Daneben lagen einige Fladen Brot und getrocknete Datteln.

Obwohl ihre Kehle brannte, zwang sich Shahira, das Wasser in kleinen Schlucken zu trinken, so wie ihr Vater es sie gelehrt hatte. Das hastige Herunterstürzen von Wasser bei großem Durst verursachte nur Übelkeit und Krämpfe, weswegen man das kostbare Nass gleich wieder erbrach.

Eine der ersten und wichtigsten Lektionen, wenn die Wüste so nah war wie in ihrem Dorf.

Shahira setzte die Flasche ab; sie verspürte einen schmerzhaften Stich, als sie an ihre Heimat und ihre Eltern dachte. Fast hätte sie ihr Ziel aus den Augen verloren: Sie musste nach Isfahan.

Shahira aß, bis sie sich gestärkt genug fühlte, um weiter nach einer Öffnung zu suchen. Systematisch ertastete sie die durch Streben unterbrochenen Seiten des Karrens. Schließlich spürte sie unter ihren tastenden Fingerspitzen einen Lufthauch. Shahira schob ihre Finger zwischen die beiden Teile der Plane und schob sie auseinander.

Ein Luftzug kam ihr entgegen, und er trug fremde Düfte mit sich. Am stärksten roch Shahira Pferde und Leder, Düfte, die sie gut kannte, doch darunter lagen Gerüche nach Gewürzen, Früchten, Kohle und Rauch. Viele Menschen.

Vorsichtig lugte sie durch den Spalt hindurch und sah Lichter. Sie fuhren auf einer Straße, auf der reges Treiben herrschte. Menschen drängten sich an dicht beleuchteten Ständen, stritten sich auf freundschaftliche Weise mit den Verkäufern um den Preis der Ware oder diskutierten mit ihrem Nachbarn über deren Qualität.

Händler mit Bauchläden schritten an ihnen vorbei und priesen lauthals die Vorzüge ihrer Brotfladen, ihrer Lammfleischspieße oder ihres Pilaw an, gekochtem Reis, vermischt mit Bohnen, Fleisch oder Gemüse.

Doch der Karren zog unerbittlich an diesen Genüssen vorbei und gestattete Shahira auch sonst keine Möglichkeit, zu erkennen, wer den Karren fuhr.

Sie blickte jedoch weiter durch den Spalt, um all die fremden Eindrücke in sich aufzusaugen. Das musste Isfahan sein, die Stadt des Kalifen! Wo sonst gab es so viele Menschen, so große Häuser, so breite Straßen?

Ihr Herz klopfte laut in ihrer Brust – doch warum brachte man sie her? Shahira konnte nur erahnen, wer für ihren Transport in die prächtige Stadt verantwortlich war. An eine Rettung durch Kian glaubte sie nicht mehr, doch dann blieben nur die Männer in Schwarz oder die Soldaten des Kalifen.

Der Gedanke, dass sie einer von beiden Seiten hilflos ausgeliefert war, machte ihr Angst, und sie zog sich von dem Spalt in der Plane zurück.

In der Dunkelheit kauerte sie sich zusammen und versuchte ihre Gedanken zum Schweigen zu bringen. Es gelang ihr nicht, erst recht nicht, als der Karren nach einer Ewigkeit endlich anhielt. Sie atmete tief ein und spürte, wie ihr Körper unkontrolliert zitterte.

»Bringt sie hinauf, ich will sie gleich befragen.«

Die Stimme war tief und klang vertraut; Shahira glaubte in ihr die Stimme des Anführers der drei Männer wiederzuerkennen. Also hatten die Männer des Kalifen sie entführt? Doch warum nur sie? Wo waren die anderen Frauen und die seltsame Alte?

Die Plane wurde zur Seite geschoben, und ein Soldat griff nach ihr. Sie wich zurück, doch er war unerbittlich, und in dem Karren hatte sie nicht viele Fluchtmöglichkeiten. Schließlich bekam er sie zu fassen und zerrte sie heraus. Mit weichen Knien stand Shahira vor dem Karren und wurde von dem Soldaten mehr gestützt als dass er sie festhielt. Die Luft hier draußen war weniger stickig; sie trug noch die Essensdüfte der Stadt mit sich, doch Shahira hätte schwören können, dass sie nicht mehr in Isfahan waren. Sie befand sich in einem prächtigen Innenhof, der von Jasminsträuchern gesäumt war. Der süßliche Duft der Blüten schwängerte die Nachtluft, und Shahira atmete tief ein. Der Boden war mit reinweißen Kieseln ausgelegt, die bei jedem Schritt knirschten. Sie stachen nicht in ihre Fußsohlen, sondern massierten sie sanft, während der Soldat sie vorwärts schob, um den Karren herum.

Shahira gab ihren Widerstand auf und ließ sich führen, bis sie vor dem Anführer stand. Er musterte sie, und seine buschigen Augenbrauen zogen sich nachdenklich zusammen. »Bringt sie hinein.«

Der Soldat wollte sie weiterschieben, doch Shahira, die geglaubt hatte, dass ihr jede Kraft für Widerstand verloren gegangen war, spürte Trotz in sich aufflackern. Es war genug; jeder schien sie herumschieben und herumkommandieren zu können, ohne dass sie jemals gefragt worden wäre, was sie eigentlich wollte. Sie stemmte sich gegen den Griff des Soldaten und fixierte den Anführer. »Was wollt ihr von mir, Soldat?«, fragte sie ihn und wich seinem Blick nicht aus.

Er wirkte überrascht, dass die schmale, zierliche Frau ihn plötzlich derart herausforderte, doch er nickte dem Mann, der sie festhielt, zu. Der hielt sie noch immer fest, versuchte aber nicht mehr, sie wegzuzerren.

»Warum habt ihr mich mitgenommen? Was wollen die Männer des Kalifen von mir?«

Der Anführer beugte sich zu ihr, und ein erdiger, nicht unangenehmer Geruch drang in ihre Nase. »Du weißt also, wer wir sind?«

Sie deutete mit einem Nicken auf das Wappen auf seiner Brust: »Euer Zeichen verrät euch«, log sie. Doch anscheinend lag sie damit richtig. Der Anführer beugte sich noch näher und verzog die Mundwinkel nach unten.

»Du hast gewusst, wer wir sind, und hast uns dennoch von den Assassinen erzählt? Mädchen, entweder bist du sehr dumm, oder du verfolgst einen Plan, den ich noch nicht durchschaut habe. Aber das werde ich noch, das verspreche ich dir.«

Shahira presste die Lippen aufeinander. Es gab keinen Plan – nur ein dummes Mädchen aus der Wüste, dass in blinder Verliebtheit einem Mörder nachgelaufen war. Einem Assassinen.

Endlich verstand sie.

»Ihr seid mir gefolgt – nur wegen mir habt ihr die Burg gefunden!«

Der Anführer verschränkte die Arme vor der breiten Brust und legte nachdenklich den Kopf schief. Er musterte sie lange Zeit nur schweigend und schüttelte dann den Kopf. »Du hast es wirklich nicht gewusst, oder?«

»Was?«

»Dass wir auf der Suche nach ihrem Unterschlupf waren.«

Sie senkte den Blick. »Ich war auf der Suche, wie ihr auch. Nur war das Ergebnis eurer Suche weitaus blutiger als das meine.«

Der Anführer hob eine Braue und legte ihr eine Hand auf die Schulter, die sich eher wie eine Pranke anfühlte denn wie eine menschliche Hand. »Du solltest dennoch wissen, dass du dem Kalifen einen großen Dienst erwiesen hast.«

Shahira wollte mehr erfahren, doch ihr Körper ließ sie im Stich. Sie spürte, wie ihr die Knie weich wurden, und fast wäre sie gegen den Anführer gefallen.

Der legte seine andere Hand auf ihre andere Schulter und richtete sie halbwegs auf. »Wir vertagen die Befragung. Geh mit meinen Männern. Du wirst Zeit haben, um dich auszuruhen und dich zu säubern.«

Shahira nickte dankbar. Stumm folgte sie dem Soldaten, der sie noch immer am Arm hielt. Er führte sie aus dem Hof zu einem Gang, der nicht so recht zu dem reich mit Marmor geschmücktem Innenhof passen wollte – der Hof selbst hätte wohl Shahiras ganzem Dorf Platz geboten, doch der Flur, durch den sie gingen, war gerade breit genug, dass sie und der Soldat nebeneinander gehen konnten.

»Wo bin ich hier?«, traute sie sich nun doch zu fragen. Der Soldat sah weiter nach vorn. »Im Palast des Kalifen.«

Shahira lief einen Schritt schneller. »Im Palast? Das heißt, der Kalif ist auch hier?«

Der Mann zuckte mit den Schultern und sein Kettenhemd rasselte im Halbdunkel des Flurs. »Das wissen seine Diener und die Vertrauten. Ich bin ein Fußsoldat, nichts weiter.«

Die Worte klangen nicht bitter, dafür aber endgültig. Shahira schwieg bedrückt und ging weiter neben ihm her. Irgendwann verbreitete sich der Gang und mündete in einen breiten Flur, der wesentlich besser zu dem Innenhof passte als der Gang. Hier war der Boden mit Marmor ausgekleidet, und die Wände waren mit Reliefs aus Alabaster geschmückt. Die vorherrschenden Farben waren weiß und ein helles Rostrot. Große Fensteröffnungen durchbrachen eine der Wände, davor sah Shahira Läden aus kunstvoll geschnitztem Holz. Der Duft des Holzes vermischte sich mit dem Aroma der Jasminblüten vor den Fenstern.

Der Soldat führte sie den Flur entlang und hielt schließlich vor einer schlichten Holztür. »Da drin findest du alles, was du brauchst. Der Kommandant wird dich morgen früh nach dem zweiten Gebet aufsuchen. Sei bereit und angekleidet, wenn er zu dir kommt.«

Shahira wollte ihm noch weitere Fragen stellen, doch sie erhielt keine Gelegenheit, denn der Soldat drehte sich ohne jeden weiteren Gruß um und ließ sie allein zurück.

Kian presste die Lippen aufeinander und ballte die Hand zur Faust. Er hieb damit gegen die Außenmauer des Hauses und biss sich auf die Zunge, um nicht laut und frustriert aufzuschreien. Ausgerechnet die Männer des Kalifen! Diese verdammten Hunde.

Er wandte den Blick vom Innenhof des Kalifenpalastes ab

und versuchte sich zu beruhigen. Eigentlich hatte er gehofft, dass Shahira es auf eigene Faust aus der Festung schaffen würde, aber er wusste selbst, wie dumm diese Vorstellung war. Inmitten des Chaos, das die Soldaten des Kalifen in der Feste verursacht hatten, hatte er keine Zeit gehabt, einen Rettungsplan für Shahira zu ersinnen. Er musste so tun, als wäre sie ihm egal, sonst hätten entweder der Alte oder Karad sie auf der Stelle getötet.

Das war seine Aufgabe gewesen – das zu töten, was er am meisten liebte. Nur dann wäre er endlich ein vollwertiges Mitglied der Bruderschaft geworden. Dieser Prüfung mussten sich alle zukünftigen Assassinen unterziehen, zum Zeichen, dass sie ihr ursprüngliches Leben hinter sich ließen und sich ganz und gar dem Bund verschrieben.

Damals, als die Zeit für seine Prüfung gekommen war, war Kian sich noch sicher gewesen, dass er es tun konnte. Dieses Mädchen aus der Wüste, das ihn mit der Narbe gezeichnet hatte, und das ihm seit Jahren nicht aus dem Sinn ging – sie war alles, was ihn noch mit seinem alten Leben verband, und ihr Tod würde ihn von allen Zwängen befreien, damit er ganz der Bruderschaft gehörte.

Und dann hatte er sie gesehen – und er hatte es nicht tun können. Um nichts auf der Welt hätte er ihr wehtun oder sie gar töten können. Er wusste, dass er damit sein und ihr Leben aufs Spiel setzte, aber nicht einmal als sie sich selbst angeboten hatte, hatte er es tun können.

Der Preis war hoch gewesen. Sie hatte ihr altes Leben verloren, und nur, weil er keine Kontrolle über seine Triebe hatte. Er hatte gehofft, dass sie in Isfahan ein neues Leben finden würde, eines, in dem sie wieder glücklich werden konnte. Doch sie hatte ihn gesucht und sogar gefunden!

Kian musste ihr Leben um jeden Preis schützen. Wenigstens das konnte er für sie tun, wenn er sie schon nicht glücklich machen konnte. Auch wenn das bedeutete, dass sie ihn wegen seines Verrats von nun an hassen würde.

»Kian.« Karads Stimme war dunkel und kratzig von der Halswunde, die ihm einer der Soldaten beigebracht hatte. Die Wunde ging nicht tief, doch hatte sie lange nicht aufhören wollen zu bluten. Kian hatte eigentlich damit gerechnet, dass sein Rivale erst seine Wunden auskurieren würde, anstatt ihm nachzuspionieren. Er wurde nachlässig.

Nur langsam drehte Kian sich um. »Gehen wir zurück«, sagte er.

»Tu nicht so, als würdest du einen Auftrag ausführen. Warum bist du dem Karren bis hierher gefolgt? Wir wissen alle, wer mehr als die Hälfte unseres Bundes ausgelöscht hat.« Karad spuckte aus, direkt vor Kians Füße »Also, was hast du hier zu suchen?«

»Ich wollte das Gesicht des Anführers sehen«, log er. »Er ist verantwortlich für den Angriff auf die Festung. Ich will wissen, wer es ist und herausfinden, wie er uns finden konnte. Wenn er uns einmal aufspüren konnte, kann er es vielleicht wieder tun. Das Risiko will ich nicht eingehen.«

Das Argument war treffend, auch wenn Kian deutlich das Misstrauen in Karads Gesicht sah. Doch sein Rivale sagte nichts weiter. Er nickte Kian zu, der sich widerwillig vom Anblick des Hofes abwandte und Karad nach einer Weile folgte.

Bestimmung

Sie hatte noch nie in einem Bett wie diesem geschlafen. Sie hatte sich überhaupt noch nie in einer Umgebung wie dieser aufgehalten. Shahiras Geburtshaus war einfach gewesen, zweckmäßig und funktional. Wände, um Hitze am Tag und Kälte in der Nacht fernzuhalten, und ein Dach als Schutz vor den Sandstürmen aus der Wüste.

Ihr Zimmer im Palast war nicht zum Schutz vor Wind und Sand gedacht. Es sollte Luxus und Komfort bieten. Die Wände waren nicht aus Lehm oder Dung, sondern aus echtem Stein. Sonnenlicht fiel durch die großen offenen Fenster und die Aussparungen in den Außenwänden, die mit Schnitzereien von Vögeln und Blättern verziert waren.

Das Bett stand an der Wand gegenüber und hätte noch drei weiteren Personen Platz geboten; es besaß Laken aus Seide und Decken aus Brokat. Shahira war in den weichen Kissen fast verschwunden, nachdem sie sich gewaschen und ausgezogen hatte. Der Schlaf hatte sie schnell übermannt, und sie hatte länger geschlafen als sonst. Als sie die Augen aufschlug, war die Sonne bereits aufgegangen.

Der Muezzin rief gerade zum zweiten Gebet; Shahira sprang hastig auf und wusch sich mit Wasser aus der Waschschüssel. Anschließend nahm sie sich Kleider aus der Truhe neben dem Bett. Sie war sich nicht sicher, ob das gestattet war, doch die blutbesudelten Kleider des Vortages wieder anzuziehen, war ihr zutiefst zuwider.

Der Schnitt der Kleider in der Truhe unterschied sich nicht sonderlich von Shahiras üblicher Kleidung – eine leichte Hose und ein Kaftan sowie diverse Schals, mit denen sie ihr Haar bedecken konnte. Doch der Stoff war etwas ganz anderes: Ganz fein und leicht glitt er über ihren Körper und streichelte sie förmlich, als sie ihn überstreifte.

Shahira saß auf dem Bett und strich sich wieder und wieder über den Oberschenkel. Sie war fasziniert von dem zarten Gespinst, das sich wie eine zweite Haut auf ihre legte.

Die Tür ging auf, und der Kommandant kam ohne einen weiteren Gruß herein, gefolgt von zwei Soldaten. Alle trugen die Wappen auf ihren Tuniken, und auch wenn sie diesmal keine Kettenhemden sah, waren die Krummschwerter an den Hüften der Männer bedrohlich genug.

»Steh auf.« Das Gesicht des Kommandanten war verkniffener als in der vorangegangenen Nacht. Shahira legte den Kopf schief und musterte ihn. »Wo gehen wir hin?«

»Er will dich sehen.«

Shahira stand auf und stemmte die Hände in die Hüften. »Wer ist er?«

Der Kommandant wandte sich zu den beiden Soldaten um, und auf ein kurzes Handzeichen entfernten sie sich aus dem Raum. »Erinnerst du dich an meine Worte? Wir sind auf der Suche nach den Assassinen.«

»Von denen hattest du gesprochen. Die Männer in der Festung, nicht wahr?«

Der Kommandant nickte. »Sie sind schlimmer als jede Plage, die das Land bisher getroffen hat und verheerender. Ihr Tagwerk besteht nur aus Mord und Totschlag. Wo sie auftauchen, bringen sie Unheil über die Menschen. Von Kindesbeinen an werden diese Männer zu lautlosen Schatten erzogen, die tödlicher als jede Armee sind. Und sie wollen die Ordnung des Kalifen stören.«

»Was meinst du damit?«, fragte Shahira fassungslos.

»Sie planen, den Kalifen zu ermorden. Es gibt mehrere Bünde von ihnen – sie nennen sich Bruderschaften. Jede Bruderschaft besteht aus mehreren Assassinen. Der Ring der Bruderschaften wird von einem einzigen Mann beherrscht, der allen Bünden vorsteht. Er wird von allen nur der Alte genannt und kontrolliert jeden einzelnen Assassinen. Sie alle sind ihm zu absolutem Gehorsam verpflichtet. Er ist derjenige, der den Auftrag für den Tod unseres Kalifen erteilt hat. Wir müssen ihn unbedingt finden und daran hindern, seinen Plan auszuführen.«

Shahira runzelte die Stirn. »Hat schon einmal jemand diesen Alten gesehen?«

»Nein. Aber wir hoffen, dass du uns weiterhelfen kannst.«

»Du hast mir immer noch nicht gesagt, wer ›wir‹ ist.«

Der Kommandant öffnete den Mund, doch er kam nicht dazu zu antworten, denn in diesem Moment betrat eine weitere Person den Raum. Sie war hochgewachsen und ebenso kräftig gebaut wie der Kommandant. Sie trug aber keine Kriegskleidung, sondern war in edle Gewänder aus Seide und Brokat gehüllt. Ihre Schritte waren kaum zu hören, als sie sich ihnen näherte. Shahira konnte die Augen dabei nicht von ihrem Gesicht abwenden – es strahlte und glitzerte im Licht der Sonne. Wo andere Menschen Fleisch und Haut besaßen, glänzte bei diesem Mann nur Gold. Die Gesichtszüge waren perfekt, wie das einer Statue, gegossen in edles Metall. Das Haar war unter einem Turban verborgen, dessen langes Ende ihm wie eine Haarsträhne auf der Schulter lag und mit aufgestickten Perlen und Diamanten verziert war.

Der Kommandant musste ihr nicht erklären, wen sie vor

sich hatte. Shahira fiel auf die Knie und presste ihre Stirn auf den Marmorboden. »Beherrscher der Gläubigen«, murmelte sie. Auch wenn ihre Mutter niemals damit gerechnet hätte, dass Shahira vor den mächtigsten Mann des Reiches treten würde, so hatte sie ihr doch, wie auch allen anderen Kindern im Dorf, beigebracht, wie man den Kalifen zu begrüßen hatte.

Shahira hob leicht den Kopf und sah direkt vor sich die Spitzen zweier seidener Schuhe. »Ist sie das?«, fragte eine warme Stimme, die durch die Goldmaske hohl klang.

»Die Frau, die uns zum Versteck des Qum'aman-Bundes geführt hat, ja«, erwiderte der Kommandant. »Sie ist seit gestern in eurem Palast, Sajidi.«

Shahira wagte es, sich aufzurichten und wieder aufzustehen. Den Blick hielt sie gesenkt, bis die Hand des Kalifen sich unter ihr Kinn legte und ihren Kopf anhob. »Sie ist hübsch. Aber sie ist nichts Besonderes«, sagte er abwesend, und sie konnte sehen, dass er sie durch die Augenschlitze in der Maske betrachtete. Seine Augen waren dunkel, fast so schwarz wie eine wolkenverhangene Nacht. Sie konnte darin so gut wie gar nichts lesen. Aber was hatte sie erwartet? Wenn sie ehrlich war, etwas Beeindruckenderes. Dieser Mann, der sie so ausdruckslos ansah, war der Beherrscher aller Gläubigen. Er war der Herrscher über ein großes Reich, der Förderer der Künste, des Glaubens und der Musik – doch alles, was sie sah, war ein Mann, der, bis auf seine Maske und die teure Kleidung, nicht ungewöhnlicher aussah als andere auch.

»Soll ich ihr die Fragen stellen, Sajidi?«, meldete der Kommandant sich zu Wort, und der Kalif nickte. Er ließ Shahiras Kinn los und setzte sich auf einen der großen Stühle unter dem Fenster.

Der Kommandant bedeutete Shahira, sich auf das Bett zu

setzten und zog sich selbst einen Hocker heran. »Du wirst niemandem sagen, dass dieses Treffen stattgefunden hat, noch wirst du sagen, wer daran teilgenommen hat. Hast du das verstanden?«

Shahira nickte und verschränkte die Hände im Schoß.

»Als wir dich getroffen haben, da sagtest du, du bist auf der Suche nach deinem Freund. Entspricht das der Wahrheit?« Der Kommandant sprach mit ernster Miene und sah Shahira fest in die Augen, so als ob außer ihnen beiden niemand mehr im Raum wäre. Offensichtlich war er der Einzige, der Fragen stellen würde.

Wieder nickte sie.

»Und dieser Freund hat dir ein Amulett gegeben?«

Er streckte die Hand aus und wollte nach der Kette um ihren Hals greifen, doch Shahira zuckte zurück und presste die Hand auf ihre Brust. »Ja«, gab sie gepresst zurück. »Und ich weiß, was dieses Symbol bedeutet.«

»Also wusstest du, dass dein ›Freund‹ Mitglied eines der gefährlichsten Geheimbünde des Landes ist.«

Sie senkte den Blick. »Nein«, gab sie zu. »Dieser Freund kam aus meiner Vergangenheit. Er suchte mich nach vielen Jahren wieder auf, um … um mich …«

Der Kommandant sah sie auffordernd an, doch sie stockte. Es war ihr unangenehm, an Kian zu denken; es brachte die Erinnerungen und Gefühle für ihn zurück. Shahira zerriss es fast das Herz. »Er wollte mich töten«, murmelte sie schließlich.

»Warum hat er es nicht getan?«

»Ich weiß es nicht. Es schien, als könnte er nicht, auch wenn er es versucht hat.«

Der Kommandant beugte sich weiter zu ihr. »Möglicherweise warst du seine Initiierung?«

»Was bedeutet das?« Sie krampfte ihre Finger in den Stoff ihres Kaftans; die Seide knisterte leise unter der Bewegung.

»Assassinen müssen, um vollwertige Mitglieder der Bruderschaft zu werden, das töten, was ihnen am meisten am Herzen liegt. Das hatte er offenbar mit dir vor.«

Sie glaubte, nicht richtig gehört zu haben. »Was? Aber … wieso hat er es dann nicht getan?!«

Für den Bruchteil einer Sekunde wurde der Blick des Kommandanten weich. »Das zu töten, was man liebt, ist eine schwere Entscheidung. Und ich kann verstehen, warum er dir verfallen war – die Liebe hat seine Hand wohl geführt, nicht der blinde Gehorsam zu seinem Meister.«

Shahira presste die Lippen aufeinander und schluckte die Tränen herunter, die sich in ihrer Kehle drängten. »Warum hat er mich dann verraten, wenn er mich doch so sehr liebt?!«, stieß sie aus.

»Was meinst du damit?«

Sie zögerte, ehe sie antwortete: »Er kam jede Nacht zu mir, er rettete mich, als mein Dorf abgebrannt und meine ganze Familie getötet wurde, aber dann ist er einfach verschwunden. Das Amulett ist alles, was mir geblieben ist. Und als ich ihn dann endlich gefunden hatte …« Zittrig atmete sie ein. »Dann sind deine Männer gekommen, Kommandant, und er hat mich inmitten all der Kämpfe zurückgelassen. Ich lag auf dem Boden, er sah mich an und rettete seine eigene Haut, ohne mir beizustehen.«

»Assassinen sind gewissenlose Mörder. Vielleicht hat er das Interesse an dir verloren.«

Ihre eigenen Überlegungen aus den Mund eines anderen zu hören, machte sie auf eine Weise real, wie es schmerzhafter nicht hätte sein können. Shahira spürte es beinahe körperlich. Sie schlang die Arme um sich, senkte den Kopf und gab den Kampf gegen die Tränen auf, die ihr nun unkontrolliert über das Gesicht liefen. Sie schluchzte und spürte die Hand des Kommandanten kaum, die tröstend ihren Arm berührte. »Ich habe alles verloren«, wisperte sie.

»So ergeht es den Menschen, die sich mit der Bruderschaft einlassen«, erwiderte der Kommandant grimmig, doch es schwang keine Verachtung für Shahira darin mit. »Deswegen müssen wir diese Ratten auslöschen. Und du musst uns dabei helfen.«

Sie wischte sich über das Gesicht. »Wie?«

»Als du in der Festung warst – hast du dort einen Mann gesehen, der älter war als die anderen?«

»Da war ein Mann mit einem weißen Bart Er sah grimmig aus und hat keine der Frauen, die dort waren, angerührt; er hat einfach nur zugesehen.«

Der Kommandant hob den Kopf und tauschte einen Blick mit dem Kalifen, der sich seit Beginn des Gespräches nicht mehr gerührt hatte. »Einen solchen Mann haben wir nicht unter den Toten gefunden, Sajidi.«

»Das heißt, er konnte fliehen«, sagte der Beherrscher der Gläubigen.

»Er ist gemeinsam mit Kian geflohen«, sagte Shahira.

»Hat er ihm zur Flucht verholfen?!«

Sie nickte.

Der Kommandant schien zu überlegen. Dann stand er auf, beugte sich zu dem Kalifen und murmelte etwas, was Shahira nicht verstand. Der Kalif hob die Hand und schwenkte die Finger leicht; die Antwort schien dem Kommandanten zu genügen.

»Du wirst hierbleiben«, sagte er und seine Stimme klang streng. »Es wird für dich gesorgt werden. Du kannst dich hier frei bewegen, wirst aber die Mauern des Palastes nicht verlassen.«

»Aber ...wieso?«

»Das wirst du früh genug erfahren. Solltest du weglaufen wollen, werde ich dich persönlich wieder zurückholen und bestrafen. Ist das klar?«

Shahira nickte überrumpelt. Sie hatte in den Palast kommen und den Kalifen auf das Unglück ihres Dorfes aufmerksam machen wollen, damit Rache geübt werden konnte. Aber wie es aussah, war der Weg zur Rache schon lange bereitet gewesen. Es ging um etwas Größeres, das Shahira erst noch erfassen musste. Das konnte sie sicher am besten im Palast, weswegen es ihr nicht schwerfiel, dem Befehl des Kommandanten nachzukommen. »Ich werde nicht weglaufen«, fügte sie hinzu, und der Kommandant sah zufrieden aus.

Der Kalif erhob sich aus seinem Stuhl und verließ den Raum, ohne Shahira noch eines Blickes zu würdigen. Der Kommandant nickte ihr freundlich zu und folgte seinem Herrn. Sie blieb allein zurück.

Gegen Mittag wurden Shahira Speisen gebracht: gebratenes Fleisch, Pilaw mit Erbsen, Safran und Stücken von eingelegten Auberginen und Brot. Dazu Wein und Feigen. Sie kostete von allem und genoss den feinen Geschmack der Speisen. Sie war dankbar dafür, dass sie für den Moment eine Unterkunft gefunden hatte, auch wenn sie wusste, dass der Kommandant noch etwas mit ihr vorhatte.

Viel schwieriger war es, ihre widerstreitenden Gefühle zu verstehen. Kian hatte sie verraten, und doch hatte er sie nicht getötet, als die Gelegenheit da war. Er war ein Assassine, ein gefährlicher, kaltherziger Mann, und doch hatte er ihr das

Leben gerettet und ihr Nacht für Nacht Gefühle geschenkt, die sie selbst niemals hätte entfachen können.

Sie vermisste ihn.

Egal, was sie über ihn wusste, egal, was er getan hatte, sie konnte nicht aufhören an ihn zu denken.

Als es langsam Abend wurde, hielt Shahira es nicht mehr in ihrem Zimmer aus. Sie musste sich bewegen und etwas anderes sehen als die ewig gleichen Wände. Shahira griff nach einem weiteren Schal, den sie sich um die Schultern schlang, und verließ das Zimmer. Der Kommandant hatte gesagt, sie dürfe den Palast nicht verlassen, nicht, dass sie ewig im Zimmer bleiben müsse.

Der Marmorboden des Flurs fühlte sich kühl unter ihren Füßen an; die Kälte drang sogar durch die Sohlen ihrer Schuhe. Shahira lief den Flur entlang und sah sich um – sie kam an einigen verschlossenen Türen vorbei, hinter denen seltsame Geräusche erklangen, die sie nicht zuordnen konnte. In manchen hörte sie das Rasseln von Ketten, in anderen Peitschenhiebe. Rasch ging sie weiter, bis der Flur auf einen anderen traf. Dieser war reicher geschmückt als der letzte – hier war der Boden mit bunten Mosaiken ausgelegt, und durch die Fenster sah man auf einen üppigen Garten im Innenhof. Der betäubende Duft der Nachtblumen drang in Shahiras Nase, und sie seufzte. Hier war es still, bis auf das Piepsen der Vögel, die in den Baumkronen im Innenhof saßen, und das leise Rascheln der Blätter.

Shahira hatte noch nie so viele Pflanzen auf einem Fleck gesehen, und sie trat an eines der Fenster, um den Anblick der bunten Blüten rund um die sorgsam angelegten Pfade zu genießen. »Was machst du denn hier? Willst du den ganzen Spaß verpassen?«

Die Stimme war tief und doch weiblich. Erschrocken sah

Shahira auf und blickte einer Frau ins Gesicht, deren Schönheit alles übertraf, was Shahira jemals gesehen hatte. Ihre Haut war dunkler als ihre eigene und ihr Gesicht so ebenmäßig, dass es unmöglich von jemand anderem als einem Künstler geschaffen worden sein konnte. Die mandelförmigen Augen glichen schwarzen Perlen, und die vollen Lippen waren so anmutig geschwungen, dass sie wie aufgemalt wirkten.

»Was?«, entfuhr es Shahira, während sie die Frau noch immer anstarrte. Die fasste Shahiras Schulter und schob sie den Flur hinunter. »Nun komm schon, das willst du doch sicherlich nicht verpassen?«

Shahira versuchte zu protestieren, doch die schöne Frau lachte nur leise. »So schüchtern – du bist neu hier, nicht wahr? Ich habe dich auch noch nie gesehen.«

»Der Kommandant hat mich erst letzte Nacht hergebracht«, bemühte Shahira sich zu erklären, während die schöne Frau sie weiterhin vorwärts schob. Doch der Druck ihrer Hände verschwand abrupt. »Ahman hat dich hergebracht?«, fragte sie leise, und da war etwas in ihrer Stimme, das Shahira aufhorchen ließ.

»Ja. Er hat mich vor den Assassinen gerettet.«

Die Frau verzog das Gesicht, als hätte sie auf eine Zitrone gebissen. Sie ballte die Hand zur Faust und schüttelte den Kopf. »Dieser Narr!«, sagte sie aufgebracht. »Er wird sich eines Tages noch selbst ins Grab bringen mit seiner verdammten Suche nach diesen Mördern.«

»Du kennst ihn?«

Die Frau schwieg. Shahira wollte etwas sagen, doch in dem Moment ertönte hinter einer mit Goldbeschlägen versehenen Tür lautes Johlen und Lachen. Die Frau riss die Augen auf und runzelte dann die Stirn. »Diese Weiber – kaum haben sie einmal Narrenfreiheit, können sie sich nicht mehr beherrschen.« Auch wenn sie streng klang, lag auf ihren Lippen doch ein Grinsen, und jede Sorge um Ahman schien aus ihren Gedanken verschwunden.

Sie fasste Shahira am Handgelenk und zog sie hinter sich her, geradewegs auf die Tür zu, die sie energisch aufstieß. Shahira folgte ihr gezwungenermaßen und fand sich in einem großen Raum wieder, der von mehreren Frauen bevölkert war, die sich um etwas oder jemanden geschart hatten und Shahira und der Frau die Rücken zudrehten.

»Was soll der Aufruhr?«, donnerte die schöne Frau, und die Damen drehten sich ertappt um. Jede von ihnen war schön, und jeder von ihnen stand der Schreck ins Gesicht geschrieben, bis sie erkannten, wer sie zurechtgewiesen hatte. »Wen willst du erschrecken, Janika?«, lachte eine von ihnen. »Komm lieber her und hilf uns beim Aussuchen.«

Die Frau namens Janika zwängte sich zwischen die Frauen und bedeutete Shahira, ihr zu folgen. Die glaubte ihren Augen nicht zu trauen, als sie sah, worum die Frauen sich geschart hatten: Fünf Männer standen in der Mitte des Kreises, den die Frauen gebildet hatten, und alle waren nackt. Jeder von ihnen war muskulös, und ihr Lingam war von beeindruckender Größe. Die Hautfarben der Männer reichten von schwarz bis nahezu weiß, und sie hielten ihre Blicke demütig zu Boden gesenkt. Um den Hals trugen sie jeder eine Kette mit dem Wappen des Kalifen, und ein sandelholzartiger Duft ging von ihnen aus.

»Lasst uns den in der Mitte nehmen, sein Schwanz kann es doch jetzt schon kaum erwarten!«, rief eine der Frauen, und tatsächlich konnte Shahira sehen, wie das Glied des Mannes immer weiter anschwoll und bereits halb hart zwischen seinen Schenkeln emporragte.

»Ach was, wenn er jetzt schon steif wird, dann hält er nicht lange durch. Sobald er seinen Samen verspritzt hat, wird er sich umdrehen und einschlafen. Danach ist er zu nichts mehr zu gebrauchen«, hielt eine andere dagegen.

Shahira wollte vor Scham über die frivolen Reden der Frauen fast vergehen. Sie konnte sich nur mühsam dazu bringen, nicht dauernd auf die nackten Glieder der Männer zu starren.

Janika stieß sie an. »Welcher würde dir gefallen?«, fragte sie.

»I... ich?! Was soll ich ... ich meine, wie sollte ich ...«

Janika hob eine Braue. »Nun sag nicht, dass du noch nie bei einem Mann gelegen hast!«

»Doch! Aber ...« Shahira brach ab.

Janika legte ihr den Arm um die Schulter. »Du bist wirklich noch nicht lange im Harem, oder?«

Shahira ging endlich ein Licht auf, und sie verfluchte sich über ihre Dummheit. »Ich gehöre dem Kalifen nicht«, sagte sie hitzig. »Ich bin hier, weil ich dem Kommandanten dabei helfen soll, die Assassinen zu fangen.«

Während die restlichen Frauen noch mit der Wahl des Mannes beschäftigt waren, zog Janika sie beiseite. »Entschuldige, ich wollte dir nichts unterstellen«, beruhigte sie sie. »Aber in diesem Trakt des Palastes halten sich nur die Gespielinnen des Kalifen auf. Seine Frauen bewohnen einen anderen, eigenen Bereich. Dort, wo ich eigentlich auch hingehöre.«

Shahira wurde hellhörig. »Du bist eine der Frauen des Kalifen?«

Janika lächelte humorlos. »Ich bin sogar seine Lieblingsfrau. Aber die anderen Frauen sind scharfzüngige alte Weiber, die mit nichts anderem als Machtintrigen beschäftigt sind. Die Gespielinnen sind wesentlich angenehmere Gesellschaft, auch wenn sie schneller kommen und gehen als ich zählen kann. Dennoch haben sie meist gute Laune – was wahrscheinlich daran liegt, dass sie sich einmal in der Woche vergnügen dürfen.«

Die Röte kehrte in Shahiras Wangen zurück. »Du meinst, die Männer da drin ... sie werden sie beschlafen?«

Janika warf den Kopf mit der üppigen Lockenmähne in den Nacken und lachte schallend. »Sie werden bei ihnen liegen, ja. Einmal in der Woche dürfen die Gespielinnen sich, im Gegensatz zu den Frauen des Kalifen, aus fünf ausgewählten Soldaten einen aussuchen. Sie müssen jedoch weise wählen, denn der Mann, den sie sich aussuchen, muss für alle ausreichen. Sobald er nicht mehr kann, muss er gehen.«

Dieses System klang so absurd, dass Shahira noch einmal nachhaken musste: »Das heißt, ein Mann wird diese zwanzig Frauen besteigen, bis er erschöpft ist?«

»Dreiundzwanzig«, korrigierte Janika sie. »Und ja, so wird es geschehen.«

Shahira bemühte sich, über die Schulter der Frau vor sich zu sehen und einen weiteren Blick auf die Männer zu werfen. Sie mochten gut aussehen, doch Shahira wusste ohne jeden Zweifel, dass sie sich nur einen Mann wünschte, der mit ihr das Lager teilen sollte. Doch Kian war weit fort – und er hatte sie verraten. Das durfte sie nicht vergessen.

Die Frau vom Anfang stieß Janika wieder an. »Du bist unparteiisch – wähle du für uns, Kalifenfrau.«

Janika verdrehte gespielt die Augen und trat in die Mitte des Kreises. Die Frauen um sie herum pfiffen begeistert, und Janika grinste breit, während die Männer ein Schauder durchlief; Shahira konnte es deutlich sehen.

Janika trat vor jeden Mann, nahm prüfend seinen Lingam

in die Hand und wog ihn. Das blieb nicht ohne Effekt auf die Männer – jeder von ihnen bekam eine Erektion, was zu neuerlichen Begeisterungsstürmen und frechen Zurufen der Gespielinnen führte.

Schließlich traf Janika ihre Wahl: »Er hier wird euch am meisten Freude bereiten«, sagte sie und deutete auf den Mann links außen, dessen Schwanz nun hart und lang von seinem Bauch abstand und dessen Haut so dunkel war wie Janikas Augen. Die übrigen Männer wandten sich ab und verschwanden durch einen Ausgang auf der anderen Seite, doch der Favorit dieser Nacht blieb, wo er war.

Janika trat aus dem Kreis heraus und führte Shahira zu einem Podest, das ein wenig abseits stand, aber einen guten Blick auf die Mitte des Raumes gewährte. Das Podest selbst war mit Decken und mehreren Sitzkissen ausgestattet. An der Seite standen mehrere Karaffen und Tabletts, gefüllt mit Wein, Früchten und Nüssen.

Janika machte es sich dort bequem und bedeutete Shahira, es ihr gleichzutun. »Oder möchtest du dich lieber mit den Gespielinnen zusammentun? Ich muss dich warnen, sie können zu Furien werden, wenn es um ihren wöchentlichen Spaß geht.«

»Keine Sorge, ich habe kein Interesse an diesem Mann.«

Während Shahira das sagte, sah sie, wie der Soldat mit der dunklen Haut in die Mitte des Raumes zu einer breiten Liege geführt wurde, auf die er sich setzten sollte. Mehrere Frauen zogen sich bis auf die blanke Haut aus und setzten sich zu ihm. Auch hier sah Shahira Haut in allen Schattierungen, Brüste, die so prall und rund wie Melonen waren, und Brüste, die sie an bezaubernde kleine Granatäpfel erinnerten.

Die Frauen grinsten sich gegenseitig an und machten sich einen Spaß daraus, den Soldaten immer wieder zu berühren und mit ihren Reizen zu verführen. Doch er rührte sich nicht und berührte keine der Frauen unsittlich. Stumm wartete er ab, was geschehen würde, verfolgte aber mit den Augen jede Geste der Verführerinnen.

Janika schenkte erst sich, dann Shahira einen Kelch voll Wein ein und nippte dann an ihrem. Sie lachte leise. »Manchmal mache ich mir einen Spaß daraus und suche den Frauen mit Absicht einen Schüchternen heraus. Das macht beim Zusehen mehr Spaß.«

Shahira nahm ihren eigenen Kelch und schnupperte daran. Der Wein darin roch süß und ein wenig scharf. Sie nippte daran und spürte den Alkohol warm ihre Kehle hinabrinnen. »Siehst du öfter zu?«

»Mir bleibt nichts anderes übrig.« Janika zuckte mit den Schultern. »Ich darf mich nicht mit anderen Männern außer dem Kalifen einlassen.« Ein Hauch Bedauern schwang in ihrer Stimme mit. Shahira sah weiter auf die Liege, auf der die Frauen noch immer versuchten, ihren Liebhaber für die Nacht in Versuchung zu führen.

»Der Kalif – was für ein Mann ist er?«

»Du meinst, wie er bestückt ist?«

Shahira schüttelte entschieden den Kopf. »Nein, nicht das. Ich meine, was für eine Art Mann ist er? Ist er gerecht und gütig?«

Janika sah nachdenklich in ihren Kelch, als läge die Antwort auf diese Frage in der roten Flüssigkeit verborgen. »Er ist gleichgültig«, sagte sie schließlich. »Er besucht weder den Harem seiner Ehefrauen noch den seiner Gespielinnen, und so hält er es auch mit dem Land. Das Regieren ist ihm zur lästigen Pflicht geworden, ebenso wie die Verantwortung. Er hat vergessen, was einen Herrscher ausmacht – Persien ist ein großes Reich, und es benötigt ein Herz, das es am Leben erhält. Doch der Kalif ist kein Herz mehr, er sieht nur noch sich selbst und seine Bürde, die Verantwortung, die auf ihm lastet.«

Diese unerwartet offene Antwort schockierte Shahira, doch sie bemühte sich, das nicht zu zeigen. Allerdings nicht sehr erfolgreich. Janika schmunzelte. »Überrascht? Dachtest du, er wäre gottgleich, gütig und ein liebevoller Vater seines Volkes?«

Shahira seufzte tief und nahm einen Schluck aus ihrem Kelch. »Vor wenigen Wochen bestand mein Leben aus dem Hüten von Schafen und den zehn Häusern, die mein Dorf ausmachten. Ich rechnete damit, niemals einen Ehemann zu finden und war zufrieden mit der Vorstellung, den Rest meines Lebens bei meinen Eltern zu leben und sie bis ins hohe Alter zu pflegen. Und plötzlich ...«

Ein lautes Stöhnen unterbrach Shahira, und beide Frauen sahen auf. Eine der Gespielinnen hatte die Initiative ergriffen und sich zwischen die Beine des Soldaten gekniet. Mit sichtlichem Genuss lutschte sie an seiner steif hervorragenden Erektion und nahm die beeindruckende Länge scheinbar mühelos auf.

Shahira bekam große Augen, als sie sah, wie ungeniert nun auch die anderen Frauen damit begannen, den Mann zu berühren, ihn zu ertasten und zu erkunden. Eine von ihnen legte sich rücklings auf die Liege und nickte den anderen zu. Die ließen von dem Soldaten ab, der sich ein wenig verwirrt umsah, bis er die Frau hinter sich entdeckte. Die Gespielinnen ließen ihm keine Zeit, um sich zu orientieren, sondern schoben ihn weiter auf die Liege, mit dem Gesicht zwischen ihre gespreizten Beine.

Shahira schluckte hart, als Erinnerungen vor ihrem inneren Auge aufflackerten. In der allerersten Nacht, in der Kian zu ihr gekommen war, hatte auch er sie zwischen den Schenkeln geküsst und geleckt. Das Gefühl der feuchten Zunge an ihrer weit offenen Scham war mit einem Mal nahezu körperlich spürbar, und Shahira musste ein Stöhnen unterdrücken. Sie konnte sich deutlich vorstellen, wie der Mann seine Zunge tief zwischen den weichen Lippen versenkte und die Spitze um die hervorstehende Perle kreisen ließ.

Shahira schloss die Augen und erinnerte sich an Kians Mund, der ihr solche Lust geschenkt hatte. Sie schlug die Augen wieder auf, um nicht in den Empfindungen eines anderen Lebens zu versinken und sah, dass eine andere Frau sich über die erste gekniet hatte. Die Beine gespreizt wartete sie, und der Soldat verstand diesmal wesentlich schneller. Er löste sich von der ersten Frau und leckte nun die zweite, die den Kopf zurückwarf und ihrer Lust laut Luft machte. Anscheinend machte er seine Sache gut.

Janika nickte in die Richtung der Liege. »Er erfüllt seine Aufgabe gut. Wenn er jetzt weiter durchhält, könnte er zu einem der Lieblinge der Frauen werden.«

Shahira antwortete nicht, sondern verfolgte weiter gebannt das Geschehen. Die zweite Frau kletterte von ihrer Gespielin herunter und löste damit die Zunge des Mannes aus ihrem Schoß. Sie legte ihre Hand auf die Schulter des Mannes und drückte ihn bestimmt auf den Rücken. Mit einem zweideutigen Lächeln in die Runde der Frauen, die ungeduldig warteten, schwang sie sich über den Kopf des Mannes und drückte ihren Schoß auf sein Gesicht. Sie ließ ihm gerade genug Luft, dass er nicht erstickte, und rieb ihren nassen Schoß an seinen Lippen. Er öffnete den Mund, und seine Zunge nahm ihre Arbeit wieder auf. Sie versank zwischen den weichen Lippen.

Die erste Frau setzte sich derweil rittlings auf seinen steif hervorstehenden Schwanz und führte ihn mit einem einzigen Stoß in sich. Die Wucht überraschte sie selbst – ihr Mund öffnete sich zu einem lautlosen Schrei, und sie krallte sich in seine angespannten Brustmuskeln. Das klatschende Geräusch, das ihr Körper auf seinem verursachte, während sie ihn hart und wild ritt, war bis zu Shahira und Janika zu hören.

Neugierig schielte Shahira zu der schönen Frau hinüber. Ihre Lippen waren einen winzigen Spalt geöffnet, und auf den sonst so blassen Wangen erblühte eine zarte Röte. Sie sprach nicht mehr, sondern beobachtete aufmerksam das Knäuel aus Leibern, das sich auf der Liege miteinander vergnügte.

Weitere Frauen forderten nun ihr Recht ein. Zwei kletterten links und rechts auf die Liege und spreizten ihre Schenkel, um seine Hände dazwischen zu führen. Der Soldat hob den Kopf, doch die Frau auf seinem Gesicht drückte ihn wieder herunter.

Shahira beobachtete das mit einer Mischung aus Verwunderung und Erregung. Diese Frauen benutzten den Soldaten, als wäre er nur dafür geschaffen, sie zu befriedigen. Sie hatte niemals geahnt, dass es auch so sein konnte – Frauen, die sich ihr Vergnügen holten, anstatt es selbst nur zu geben.

Die Erkenntnis traf sie wie ein Schock; das war es, was Kian getan hatte! Seit ihrem ersten Zusammentreffen als Erwachsene hatte er immer dafür gesorgt, dass sie Lust empfand, dass sie Erregung und Befriedigung verspürte. Er hatte sich um sie gesorgt und sowohl sie als auch sich zum Gipfel gebracht.

Die Gespielin auf dem Gesicht des Soldaten kam als Erste. Sie zitterte, krallte ihre Finger in das Haar des Mannes und schrie leise auf, ehe sie einfach zur Seite rutschte und dort liegen blieb. Eine andere Frau nahm ihren Platz ein und nahm mit einem überbreiten Lächeln auf dem Gesicht des Soldaten Platz.

Einer nach der anderen erging es so – sie kamen und wurden gleich darauf wieder weggescheucht, um der nächsten Platz zu machen.

»Er hält sich wirklich gut«, nickte Janika anerkennend und strich sich unruhig über das offene Dekolleté. Sie hatte recht – der Soldat hatte bereits sieben Frauen befriedigt, doch Shahira konnte sehen, dass er selbst nicht mehr lange brauchen würde. Die Stöße seiner Hüften wurden unruhiger, die Zeit dazwischen kürzer. Sein Körper spannte sich sichtbar an. Shahira hatte ihre Hand in das Kissen unter sich verkrallt und bemerkte es erst, als sie jetzt losließ. Auch Janika war gefangen von dem Schauspiel und beugte sich aufgeregt vor, um zu sehen, wie er kam.

Und er kam. Sein lautes Röhren war durch den ganzen Raum zu hören, und seine Hüften bockten mit einer solchen Macht nach oben, dass die Frau, die auf ihm saß, fast von der Liege gefallen wäre. Mit einem erstickten Quietschen krallte sie sich an ihm fest, während er zuckend seinen Samen vergoss.

Die letzten Frauen ließen von ihm ab. Einige küssten ihn auf die Wange oder strichen ihm im Vorbeigehen über den nackten Körper, ehe sie die Liege verließen. Der Soldat lag noch auf dem Rücken und versuchte zu Atem zu kommen, bis ihm eine der Frauen seine Kleider zuwarf. Ohne ein weiteres Wort nahm er sie und verschwand auf dem gleichen Weg, den vorher seine Vorgänger genommen hatten.

Traum und Wirklichkeit

Kian beobachtete Shahira. Eine Weile war sie im Innern des Palastes verschwunden, doch jetzt sah er sie wieder im Innenhof. Im Mondlicht wirkte ihre Schönheit unwirklich. Sie glich mehr einer Göttin als einer sterblichen Frau, und das machte sie umso begehrenswerter. Neben ihr ging eine zweite Frau, eines der Eheweiber des Kalifen. Sie war hübsch, aber Kian konnte seinen Blick nicht von Shahira wenden.

Der Alte hatte ihm Erlaubnis gegeben, den Palast auszukundschaften. Dem Befehlshaber der Namenlosen lag mehr denn je daran, den Kalifen zu töten. Anfangs war es ein Auftrag eines Fürsten aus den benachbarten Ländern gewesen, doch nach dem Massaker in Qum'aman war es zu einer persönlichen Sache der Rache geworden. Der Alte wollte den Kopf des Kalifen, und das am besten heute noch, doch Kian hatte ihn davon überzeugen können, dass es besser war, kein Risiko einzugehen.

Das war nicht einmal gelogen, denn nach dem Ausräuchern der Festung waren die Wachen des Kalifen mehr auf der Hut als zuvor. Ahman war kein dummer Hund – er wusste, dass ein Racheakt unvermeidlich folgen würde. Der Kommandant war gewitzt und der Bruderschaft schon auf der Spur, noch bevor irgendjemand im Land von ihnen erfahren hatte. Er hatte sich, im Gegensatz zu den meisten hirnlosen Vasallen des Kalifen, mit den Gewohnheiten der Assassinen beschäftigt und versucht, sie zu verstehen, wenn auch nur, um sie besser jagen zu können.

Trotz der Feindschaft empfand Kian so etwas wie Respekt für den Kommandanten, und er ahnte, dass es selbst dem Alten ähnlich erging.

Dennoch konnte Kian nicht leugnen, dass der Kalif und seine Wachen nicht der wahre Grund waren, weswegen er hierhergekommen war. Es war Shahira. Es schmerzte ihn förmlich körperlich, von ihr getrennt zu sein. Er musste sie sehen, wenn er sie schon nicht berühren durfte, wenigstens in ihrer Nähe sein. Sie fehlte ihm, ihre Stimme, ihre sanfte Umarmung, ihre Liebe. Und sie hatte ihn geliebt, dessen war er sich sicher. So, wie er sie liebte.

Shahira verabschiedete sich von der Frau und verschwand wieder im Innern des Palastes. Kian schob sich den Schal vor das Gesicht und zog sich in die Schatten zurück. Die Wachen patrouillierten wieder über die Dächer, und er musste bis zum ersten Wechsel warten, ehe er sich zurückziehen und verschwinden konnte.

Der Wechsel kam erst Stunden später, als der Mond bereits hoch am Himmel stand. Die Wachen trafen sich auf dem Hof und hielten ein kurzes Gespräch – es lenkte sie lang genug ab, um Kian die Möglichkeit zu geben, auf das Dach zu klettern. Seine Kleidung lag eng an seinem Körper und war ganz in grau, schwarz und braun gehalten; ein Gemisch, das ihn in der Dunkelheit nahezu unsichtbar machte.

Vom Dach aus war es nur ein kurzer Weg bis hinüber zu den Stallungen und von dort aus in das Gewirr der Häuser Isfahans. Binnen Sekunden konnte Kian in der Nacht verschwinden.

Er drehte sich um und lief über das Dach in die entgegengesetzte Richtung. In die Richtung des Teils des Palastes, in dem Shahiras Zimmer lag.

Es fühlte sich falsch und doch richtig an, hier zu sein. Eigentlich hatte er sich geschworen, sie endlich in Ruhe zu lassen, damit sie nicht weiter in Gefahr war, doch seine verdammte Sehnsucht machte ihm immer wieder einen Strich durch die Rechnung. So auch jetzt.

Sie lag auf dem Rücken, inmitten der zerwühlten Decken, und schlief. Ihr Körper zeichnete sich unter dem Stoff ab, und ein nackter Arm lugte darunter hervor. Ihr Gesicht hatte sie dem Fenster abgewandt, und ihre Brust hob und senkte sich sacht unter ihren langen Atemzügen.

Bei diesem Anblick spürte Kian ein vertrautes Ziehen in den Lenden und schluckte. Sie war so verflucht schön und er vollkommen hilflos bei ihrem Anblick. Shahira beherrschte sein Denken in jedem wachen Moment. Wenn er schlief, war sie in seinen Träumen. Diese Frau ließ ihn nicht los.

So leise, wie es ihm möglich war, glitt er ins Zimmer und trat an ihr Bett. Shahira bemerkte es nicht und schlief ruhig weiter. Er beugte sich zu ihr und strich ihr eine verirrte Haarsträhne aus der Stirn. Seine Finger fuhren den Rücken ihrer Nase entlang und berührten ihren Mund. Unter der Berührung öffneten sich ihre Lippen einen Spaltbreit, doch die Bewegung war nicht viel mehr als ein Reflex.

Kian leckte sich über die trockenen Lippen und gab der Versuchung schließlich nach. Er beugte sich zu ihr und küsste sie auf den Mund. Shahira seufzte tief im Schlaf und bewegte sich ein wenig. Kian zog sich zurück und wartete, bis sie sich wieder beruhigt hatte, ehe er sich wieder über sie beugte. Sanft glitten seine Hände über ihren verdeckten Körper, und er knirschte vor Anstrengung mit den Zähnen, um ihr nicht einfach die Decke wegzureißen und ihren Körper mit Küssen zu bedecken.

Sie räkelte sich unter seiner Berührung und murmelte etwas im Schlaf, was sein Name hätte sein können. Er fühlte eine eisige Hand sein Rückgrat entlangstreichen – vermisste sie ihn, so wie er sie vermisste?

Versuchsweise fuhr er mit der flachen Hand über ihren Bauch, und sie wölbte sich ihm entgegen. Kian küsste sie federleicht, und seine Hand glitt zwischen ihre Beine. Zwischen ihnen lag die leichte Decke, und doch konnte er ihre Wärme spüren. Wenn er sie dort weiter streicheln würde, würde er bald köstliche Nässe zwischen ihren Schenkeln finden, und eine Yoni, die heiß und hungrig nach seinem Schwanz betteln würde.

Er kannte Shahira mittlerweile gut genug. Sie hatten das Lager oft miteinander geteilt, aber es war noch lange nicht genug. Kian wollte mehr über sie wissen, noch so vieles mit ihr ausprobieren. Langsam spreizte er ihre Schenkel, gerade weit genug, dass er seine Hand dazwischenschieben konnte. Sie drückte sich ihm entgegen und rieb sich an seiner Hand. Kian schluckte, zog seine Finger aber nicht weg. Er bewegte sie ein wenig, und die Kuppe des mittleren Fingers berührte dabei genau das winzige Knöpfchen an der Spitze ihrer Spalte. Shahira stöhnte im Schlaf und rieb ihr Becken begehrlich an seiner Hand.

Kians Beherrschung bröckelte. Er rieb sie noch einmal, diesmal gezielt an dieser Stelle, und Shahira stöhnte lauter. Durch den Stoff der Decke sickerte erste Feuchtigkeit. Kian war sich sicher, dass, wenn er jetzt zwei Finger in Shahiras Yoni schieben würde, sie vollkommen mit ihren süßen Säften bedeckt wären. Er wollte sie lecken, sie zum Keuchen und

Schreien bringen, damit sie in seinen Armen zum Höhepunkt kam. Doch es war zu riskant.

Kian zog seine Hand zurück, als hätte er sich verbrannt. Er wollte sie nicht benutzen, während sie vor ihm lag und schlief. Sie sollte ihn ansehen, wenn er es tat.

So leise wie möglich zog Kian sich zurück und ließ Shahira schlafend zurück.

Geheime Küsse

»Ich glaube, wir sind letztes Mal unterbrochen worden, Shahira«, sagte Janika, und schob sich ein Stück kandierte Feige in den Mund. »Du wolltest mir erzählen, wie dumm du gewesen bist.«

Die schöne Frau grinste breit, und Shahira lachte leise. Obwohl Janika sie erst am Tag zuvor kennengelernt hatte, fühlte sie sich ihrer Gegenwart wohl. Sie gab ihr das Gefühl dazuzugehören, und das war etwas, was Shahira gerade gut gebrauchen konnte. »Dumm genug, um hier zu landen, ja.«

»Dann verrate mir endlich, was genau dich hergeführt hat. Nach der kleinen Einlage gestern warst du ja eher neugierig auf andere Dinge.«

Shahira lachte leise und rieb sich über die Nase. Tatsächlich hatte sie Janika am Vorabend intensiv befragt, wie genau diese Auswahl der Soldaten vor sich ging, was die Frauen am liebsten mochten … Janika hatte all ihre Fragen beantwortet, und das Gespräch hatte bis weit in die Nacht gedauert.

Ihr Gespräch war wohl auch der Grund, weshalb Shahira sehr intensiv geträumt hatte. Am Morgen war sie mit einem unerträglichen Pochen in der Scham aufgewacht und war erfüllt mit einer derart intensiven Sehnsucht, dass sie sich kaum zu helfen wusste. Sie hatte ihre eigene Hand zwischen die Beine legen müssen, um sich selbst Erleichterung zu verschaffen. Die Erinnerung an Kian hatte sie dabei nicht abschütteln können.

»Also, sprich«, forderte Janika sie auf, und Shahira blinzelte ertappt.

»Ich sagte doch schon, dass ich Ahman dabei helfen soll, die Assassinen zu fangen.«

»Welches verborgene Talent dich dafür qualifiziert, hast du mir aber noch nicht verraten.«

Shahira kratzte an ihrer eigenen Feige und drehte die runde Frucht in ihren Händen hin und her. »Meine Liebe zu einem von ihnen«, gab sie schlussendlich flüsternd zu.

Janika hörte auf, an ihrer Feige zu kauen, und starrte Shahira groß an. »Du liebst einen Assassinen?!«

»Ich wusste nicht einmal, was das ist, bis Ahman es mir erklärt hat. Für mich war er ein Djinn, ein Nachtgeist.«

Janika hob die hübsch geformte Augenbraue und sah Shahira mit einer Mischung aus Skepsis und Neugierde an. »Es ist vielleicht besser, du erklärst mir das in Ruhe«, forderte sie sie auf, und Shahira seufzte. Mit stockender Stimme begann sie, ihre Geschichte von vorne zu erzählen – Kians überraschendes Auftauchen mitten in der Nacht, die Verführung durch ihn und die Gefühle, die er in ihr ausgelöst hatte. Sie erzählte alles: vom Tod ihrer Eltern, vom Ende ihres Dorfes und von der Zeit mit Kian in der Höhle. Shahira sprach von ihrem Plan, dem Kalifen von dem Unglück zu erzählen und wie sie sich dann aufgemacht hatte, Kian zu finden. Die Festung und die Huren, das letzte Zusammentreffen mit ihrem Djinn und der schmerzliche Moment, in dem sie erkennen musste, dass er sie verraten hatte.

Janika hörte ihr aufmerksam zu, nickte nur hin und wieder und sprach nicht. Als Shahira geendet hatte, strich sie sich über das Gesicht. Ihre Hände waren feucht – sie hatte geweint, ohne es zu merken.

Freundschaftlich legte Janika ihr die Hand auf die Schulter

und zog sie an sich. Shahira weinte und schluchzte, als die Bilder des verbrannten Dorfes, die Zeit mit Kian und all ihre widerstreitenden Gefühle zurückkehrten. Es tat gut zu weinen, und es war gut, dass es jemanden gab, der sie festhielt, während die Tränen die letzten Wochen aus ihrem Körper wuschen. Es dauerte lange, doch schließlich versiegten die Tränen, und Shahira löste sich von Janika. »Danke«, schniefte sie und musste grinsen, als sie an ihr verheultes Gesicht dachte. »Das hat gutgetan.«

»Das sollte es auch«, erwiderte Janika ernst und strich sich die dichten Locken zurück. »Du hast unglaublich viel mitgemacht, Shahira. Du musst dich ausruhen und endlich zur Ruhe kommen.«

»Das tue ich«, erwiderte Shahira. »Auch wenn ich nicht ganz sicher bin, warum Ahman mich hierbehalten will. Ich fürchte aber, es wird mir nicht gefallen.«

Janika kaute nachdenklich auf ihrer Unterlippe herum und lehnte sich zurück. Die Mittagssonne schien direkt über dem Garten im Innenhof, doch die dichten Blätter der Bäume ließen die Hitze nicht eindringen und hielten den Garten schattig und kühl. Die Frau des Kalifen blinzelte in einen verirrten Sonnenstrahl und wandte sich dann wieder Shahira zu. »Ich befürchte, er will dich als Köder nutzen.«

Shahiras Gesicht verdüsterte sich. »So etwas hatte ich mir schon gedacht. Er hofft, dass Kian hier auftauchen wird, um mich zu suchen, oder?«

»Ja. Kian scheint etwas für dich zu empfinden, und Ahman will das ausnutzen.« Sie warf eine Feige in die Luft und fing sie mit der anderen Hand auf. »Du solltest aber nicht zu schlecht von Ahman denken. Er würde dich nicht ernsthaft in Gefahr bringen – wahrscheinlich spekuliert er darauf, dass Kian nur wegen dir kommt und dir nichts tun wird.«

Shahira fuhr sich mit beiden Händen über das Gesicht »Ich weiß nicht«, murmelte sie, »mittlerweile bin ich mir nicht mehr so sicher, was Kian mir antun würde und was nicht. Er hat mir das Leben gerettet, nur um mich später einfach zurückzulassen. Sollte er hier auftauchen, kann es sein, dass er mich mitnimmt, oder er bringt endlich zu Ende, was er vor Wochen begonnen hat.«

»So etwas solltest du nicht einmal denken«, fuhr Janika auf, doch Shahira zuckte nur mit den Schultern.

»Ich weiß nicht, was ich denken soll. Und ich bin so müde. Ich hatte bisher noch keine Zeit, um mein altes Leben zu betrauern. Ich hatte keine Zeit zu verstehen, was geschehen ist.«

»Dann nimm sie dir jetzt. Du musst ohnehin hierbleiben, also, warum nutzt du die Zeit nicht, um zur Ruhe zu kommen? Ich verspreche dir, ich werde dir zeigen, was für Annehmlichkeiten das Leben in einem Palast mit sich bringt.«

Shahira lachte leise. »Wie kann das Leben hier nicht angenehm sein?«

Ein Schatten legte sich auf Janikas Gesicht, und sie senkte den Blick. »Es gibt einige Dinge, die nicht immer angenehm sind«, sagte sie. »Aber das sollte dich nicht kümmern.«

Shahira musterte ihre neue Freundin, konnte sich aber nicht erklären, woher der abrupte Stimmungswechsel gekommen war. Sie beschloss, es nicht weiter anzusprechen und genoss einfach die Ruhe, die die Mittagshitze mit sich brachte.

Den Rest des Nachmittags verbrachte Shahira in ihrem Zimmer und versuchte, das Blut aus ihren alten Kleidern zu waschen. Obwohl Blut darauf war, wollte sie sie nicht wegwerfen. Shahira hatte sie selbst genäht, aus der Wolle ihrer Schafe, und Kians Geruch hing noch darin. Jetzt war er unter dem Blut verborgen, doch irgendwo war er noch. Es war die letzte Erinnerung an ihre gemeinsame Zeit, abgesehen von dem Amulett, das sie bis heute nicht abgelegt hatte.

Doch es half nichts – die Kleider blieben schmutzig von Blut und Dreck, egal, wie sehr Shahira sich auch bemühte und an ihnen schrubbte.

Frustriert warf sie die Kleider in die Ecke und trocknete sich die Hände. Sie brauchte Ablenkung. Janika hatte versprochen, ihr dabei zu helfen, daher zog Shahira sich ihren Schal über und verließ den Trakt, in dem die Diener und sie selbst untergebracht waren. Shahira senkte den Blick, wann immer ihr jemand entgegenkam, und tat so, als würde sie zur Dienerschaft gehören.

Mittlerweile kannte sie den Weg zum Harem der Gespielinnen auswendig. Janika hatte ihr gesagt, dass sie meist dort zu finden sei, doch als Shahira dort ankam, fand sie nur die Gespielinnen, aber nicht die Frau des Kalifen vor. Sie wandte sich ab und wollte wieder in ihr eigenes Zimmer zurückkehren, als ein Schatten ihre Aufmerksamkeit erregte. Es war eine zierliche Gestalt, deren Gesicht mit einem Schal verhüllt war. Unter dem grauen Stoff lugte eine schwarze, gelockte Haarsträhne hervor – Janika.

Shahira wollte die Freundin beim Namen rufen, doch etwas an der Haltung der Frau hielt sie zurück. Janika hatte sie noch nicht bemerkt, und sie schien auch darauf aus zu sein, nicht gesehen zu werden. Sie hielt sich nah an den Mauern und blieb so gut es ging den größeren Fluren fern.

Ihr Verhalten machte Shahira neugierig, und sie folgte der schönen Frau, ohne dabei gesehen zu werden. Janikas Weg endete in einem Alkoven in einem der abgelegenen Flure.

Jemand wartete dort auf sie – eine große, massige Gestalt. Sie zog Janika an sich und schob ihr in einer fließenden Bewegung den Schal vom Gesicht. Er hatte sie erwartet und empfing sie mit einem tiefen Kuss, und Shahira presste sich in die Biegung des Flurs, um nicht gesehen zu werden. Doch Janika und Ahman waren zu sehr in ihren Küssen versunken, um sie zu bemerken.

Shahira wurde einiges klar, als sie die beiden so sah – über Janikas Verhalten und ihre seltsamen Aussagen, über das Leben im Palast. Sie war nicht glücklich als Ehefrau des Kalifen, doch hatte sie sich auf den Kommandanten eingelassen, um die Langeweile zu vertreiben, oder steckte da mehr dahinter? Falls es wirklich nur Langeweile sein sollte, dann war Janika eine hervorragende Schauspielerin – ihre Küsse zeugten von einer solchen Leidenschaft, dass Shahira sich unwillkürlich fragte, ob dies das erste Treffen der beiden war.

Ahman stand Janika in nichts nach: Seine großen Hände stützten ihren Rücken und legten sich auf ihren Po, um ihn durch den Stoff ihrer Kleidung hindurch zu kneten und zu drücken. Ahman gab ein wollüstiges Stöhnen von sich, und Janika presste ihm die Hand auf den Mund, während sie selbst fieberhaft an dem Verschluss seiner Tunika nestelte.

»Leise, Liebster«, sagte sie an seinem Ohr, und Shahira beugte sich weiter vor, um besser hören zu können. Ahman sah sie mit brennendem Blick an, und Shahira war überrascht über die Leidenschaft, die der Kommandant an den Tag legte. Er griff mit beiden Händen in Janikas Hintern und hob sie mit Leichtigkeit an. Janika lachte keuchend und schlang ihre langen Beine um seine Hüften, die Hände unter den Stoff seiner Tunika geschoben. »Janika«, sagte er leise und zog eine Linie aus winzigen Küssen ihren Hals hinauf. Die Berührung war zärtlich, ganz anders als die wilden Küsse, die die beiden bisher geteilt hatten.

Shahira lehnte sich an die kühle Wand und konnte den Blick nicht von den beiden abwenden. Es war faszinierend zu sehen, wie Janika sich dem Hünen hingab und wie zart er im Gegenzug mit ihr umging.

Janika und Ahman tauschten einen tiefen Blick, ehe ihre Lippen sich wieder zum Kuss fanden. Sie schlang ihre Arme um seinen Nacken und flüsterte etwas, was Shahira nicht verstand. Ahman verstand es sehr wohl, und er fuhr mit seiner Hand zwischen Janikas weit gespreizte Beine. Ihre Reaktion bestand in einem tiefen Seufzen, und ihr Po bewegte sich deutlich sichtbar: Sie rieb sich an Ahmans Hand.

Der Kommandant schien das Spiel zu genießen, seine Augen wandten sich keine Sekunde von Janikas Gesicht, um nichts zu verpassen. Shahira konnte deutlich sehen, wie sich Ahmans Geschlecht hart gegen die Vorderseite seiner Hose drückte und sie ausbeulte. Sie hatte nicht viel Erfahrung mit Männern, doch selbst für sie war klar, wie beeindruckend Ahmans Maße waren – sein Lingam war so groß wie zwei aufeinandergelegte Fäuste. Wie nur sollte Janikas zierlicher Schoß dieses Biest aufnehmen?

Shahira sollte bald eine Antwort darauf erhalten, denn Janika zerrte Ahmans Hose tiefer, ehe sie wieder Halt an seinem Nacken fand. Vom Stoff befreit wirkte die fleischige Härte noch größer. Der Anblick entsetzte Shahira, doch Janika schien genau das zu ersehnen. Sie küsste ihren Liebhaber bettelnd, bewegte sich unruhig und tat alles, damit er sich endlich tief in ihr versenke. Doch Ahmann quälte sie noch, indem er sich ihr verweigerte und sie stattdessen weiter durch den Stoff hindurch streichelte.

»Quäle mich nicht, Liebster«, keuchte Janika so laut, dass

selbst Shahira fürchtete, sie könnten gehört werden. Doch Ahman schien das nicht mehr zu kümmern. Er drehte sich mit Janika in seinen Armen um und drückte sie gegen die Wand. Sie gab ein unterdrücktes Stöhnen von sich und zerrte dabei an ihrer Hose, bis sie sie weit genug heruntergezogen hatte, um Ahman in sich zu lassen.

Shahira sah mit großen Augen, wie der riesige Lingam sich zwischen die weichen Lippen ihrer Scham schob und sie teilte. Der Umfang seiner Männlichkeit dehnte Janikas Schoß bis zum Äußersten, und sie biss die Zähne zusammen, um nicht laut zu schreien. Shahira presste sich die Faust auf den Mund und die Beine zusammen, damit sie nicht Gefahr lief, sich selbst zu berühren oder sich zu verraten.

Ahman ließ Janika einige Atemzüge lang Zeit, um sich an ihn in ihr zu gewöhnen, als er bis zum Anschlag in sie eingedrungen war. Doch das hielt nicht lange an – er zog sich zurück und rammte seinen Pfahl so hart und tief in sie, dass Shahira glaubte, Janika würde einfach an der Wand zerquetscht. Doch die schien nur Lust zu empfinden, denn sie stöhnte tief und kehlig in Ahmans Mund auf und kam ihm entgegen. Sie hieß seinen Schwanz in sich willkommen, sie liebte, was er mit ihr tat.

Shahira musste ihre Schenkel noch fester aneinander pressen, doch es half nichts gegen die Feuchtigkeit. Sie lehnte die Wange gegen den Marmor der Wand und erhoffte sich dadurch Abkühlung, vergeblich. Janikas unterdrücktes Stöhnen und Ahmans Ächzen brachten ihr Blut zum Kochen. Sie hockte sich hin und ließ ihre Hand in ihre Hose schlüpfen. Ihre eigene Nässe hatte bereits die Hose durchtränkt, und ihr Finger glitt viel zu leicht in die weit offene Spalte. Shahira sah weiterhin auf Ahman und Janika, die sich mit wild pumpenden Stößen ihrem Höhepunkt näherten. Das Bild veränderte sich, wurde überlagert von Shahira und Kian, die in dieser Position an der Wand lehnten und sich gegenseitig tiefer in die Ekstase stießen.

Shahiras Fingerspitzen fanden ihre Perle, spielten damit und reizten sie durch sanftes Kneifen und Zwicken, und sie gab einen gepressten Laut von sich. Sie sehnte sich nach Kian, nach seinem harten Schwanz in ihr, der ihr solche Ekstase verschaffte, wie Ahman es gerade für Janika tat.

Shahira wollte in seinen Armen liegen, sich an ihn klammern und sich in seinen Rücken krallen, während er wieder und wieder in sie stieß, ihr so zeigte, dass sie zu ihm gehörte, ebenso wie er zu ihr. Doch alles, was sie hier hatte, waren ihre Finger, die im gleichen Takt wie Ahman in Shahiras Yoni stießen und über ihre Perle rieben. Shahiras Hüften zuckten, sie rieb sich selbst wie besessen, und ein letztes unterdrücktes Stöhnen drang aus ihrer Kehle. Sie kam mit der Gewalt einer Explosion und presste ihre Stirn gegen die Wand, um die Wucht ihres Höhepunktes abzumildern. Jegliche Kraft wich aus ihrem Körper, und Shahira sank an der Wand herab, während der Orgasmus sie noch immer schüttelte. Weiter im Gang hörte sie Janika aufschreien und wusste, dass auch die beiden Liebenden bald zum Ende kommen würden. Mit wackeligen Knien stand Shahira auf und wankte in ihr eigenes Zimmer zurück, wo sie erschöpft auf das Bett sank und bald einschlief.

Alte Feinde

Ahman verschränkte die Arme vor der breiten Brust und sah Janika und Shahira dabei zu, wie sie sich darin übten, mit einem Dolch auf das aufgemalte Ziel auf einem Heuballen zu zielen. Er hatte erwartet, dass die beiden Frauen die Übung nicht ernst nehmen und ihn auslachen würden. Doch sowohl Shahira als auch Janika waren mit einer Konzentration bei der Sache, die der eines Soldaten in nichts nachstand. Nur die Ergebnisse waren weniger zufriedenstellend – die beiden Frauen trafen selten den Heuballen, geschweige denn das Ziel. Schließlich hatten beide nie zuvor eine Waffe in der Hand gehabt. Er war sich nicht sicher, ob es eine gute Idee war, den beiden Frauen die Dolche in die Hand zu geben, aber er wollte auch nicht, dass sie vollkommen schutzlos waren.

Es stand viel auf dem Spiel, und jeder im Palast konnte leicht in Gefahr geraten. Er wollte, dass beide Frauen sich zumindest einigermaßen mit einer Waffe zur Wehr setzen konnten, wenn er nicht in der Nähe war, um sie zu beschützen.

Ahman war kein kaltblütiger Bastard, wie ihn die untergebenen Soldaten manchmal nannten, wenn er sie wieder und wieder drillte oder ihnen die Vorgehensweise der Assassinen beschrieb. Er war sich lediglich sicher, dass Sorgfalt der entscheidende Schlüssel zum Erfolg war. Und das hatte er immer wieder bewiesen, was ihn schließlich zum Kommandanten unter Kalif Sinan I. gemacht hatte, dem Vater des jetzigen Kalifen. Und egal unter welchen Umständen, Ahman blieb diesen Grundsätzen treu. Er arbeitete effektiv und sorgfältig – auch wenn das bedeutete, dass er manchmal Risiken eingehen musste. Risiken wie Shahira.

Das junge hübsche Ding war ein wenig naiv, doch es steckte viel in ihr. Sie lernte schneller als Janika, wenn es um den Dolch ging, und sie war auch diejenige, die am meisten auf diesen Dolch angewiesen war. Ahman musste zugeben, dass es keine faire Entscheidung gewesen war, sie im Palast zu behalten, in der Hoffnung, dass er damit Kian oder sogar den Alten anlocken konnte, aber ihm blieb keine Wahl.

Schon seit Jahren war er hinter dem Alten her, und unzählige Male war er ihm so nahe gekommen, dass er ihm den Zipfel seines Bartes hätte abschneiden können. Und doch war der verdammte Alte ihm immer wieder entwischt. Ahman wusste nicht, wie lange er diesen Kampf noch führen konnte. Sinan I. war ebenso daran interessiert gewesen, die Assassinen auszulöschen, wie Ahman selbst, doch sein Sohn verlor mehr und mehr das Interesse am Regieren, an seinem Land und an den Staatsgeschäften. Er vertraute Ahman, doch der konnte sich nicht gleichzeitig um die Suche nach den Assassinen und den immer gelangweilt wirkenden Kalifen kümmern.

Außerdem gab es da noch Janika …

Die schöne junge Frau des Kalifen war erst vor zwei Jahren in den Palast gekommen, und doch fühlte es sich für Ahman an, als wäre es eine Ewigkeit. Vom ersten Augenblick an hatte sie ihn mit ihren dunklen Augen eingefangen und nicht mehr losgelassen. Sie war als Braut in den Palast gekommen, doch er wusste, dass Sinan sie nur einmal angerührt hatte.

Es war nicht mehr als ein kleiner Wink von ihr notwendig,

und schon brachen Ahmans Grundsätze völlig ein, und er konnte nicht anders, als ihr zu verfallen. Er hätte für keine andere Frau seine Ehre gebrochen und die Frau eines anderen berührt, aber Janika ... Janika war nicht irgendeine Frau. Und Ahman konnte sie nicht einmal zu seiner Frau machen.

Er hatte sie schon zu lange angestarrt. Sie merkte es immer, wenn er das tat. Während Shahira weiter auf die Zielscheibe warf, wandte Janika ihm den Kopf zu. Sie lächelte breit, und er sah ein verheißungsvolles Versprechen in ihren Augen aufblitzen.

Beschämt senkte er den Blick. Sie konnte ihn mit einem Blick in Verlegenheit bringen, ihn, der ganze Armeen befehligt hatte. Unwillkürlich musste er lächeln.

»Kommandant, wir haben neue Nachricht von den Spähern!« Der Soldat, der in den Hof gelaufen kam, war blass. Janika und Shahira hielten in ihren Übungen inne und beobachteten den Mann, der zielstrebig auf Ahman zuhielt und ihm ein eingerolltes Stück Pergament reichte. Ahman nahm es entgegen und überflog die Zeilen. Dann las er sie noch einmal und sah in das Gesicht des Soldaten, dessen Angst den Inhalt des Schreibens bestätigte. »Und es ist sicher?«

»Ja, Herr.«

»Was ist passiert?«, fragte Shahira. Ahman steckte das Pergament in eine Tasche an seinem Schwertgürtel »Die Bruderschaft hat ein Dorf vor den Toren Isfahans ausgelöscht. Sie haben sich nicht einmal Mühe gegeben, es zu verschleiern, und es gibt Spuren, die zu einem neuen Versteck des Alten führen könnten.«

Janika warf den Dolch zu Boden. »Du weißt, dass das eine Falle ist«, sagte sie eindringlich, und er wusste genau, was sie sagen wollte – geh nicht. Es ist zu gefährlich. Ich werde dich verlieren.

»Ja«, sagte er knapp. »Aber wenn auch nur der Hauch einer Chance besteht ...«

»Ich gehe hin.«

Selbst der Soldat starrte Shahira an, als sie das sagte, ebenso wie Janika und Ahman. »Ich gehe hin«, wiederholte Shahira mit fester Stimme und steckte den Dolch in ihren Gürtel. Ahman schüttelte entschieden den Kopf »Nein, auf keinen Fall.«

»Es ist zu gefährlich«, fügte Janika hinzu.

Um Shahiras Mund erschien ein harter Zug, und ihre Hand tastete nach dem Medaillon in ihrem Dekolleté. »Es ist eine Chance«, erwiderte sie. »Ich bin jetzt seit fast drei Wochen im Palast, und ich weiß, warum du mich hierbehältst, Ahman. Aber nichts rührt sich. Ich habe Kian nicht mehr gesehen seit dem Überfall auf die Festung, und ich werde ihn hier auch nie wiedersehen. Wenn ich gehe und diesen Spuren folge, wird Kian kommen. Und dann kannst du ihn fangen.«

»Ich kann dich da draußen nicht schützen!« Was dachte sich dieses Kind eigentlich? Es war kein Spiel, das sie spielten, es handelte sich um bitteren blutigen Ernst. Sie hatte sich mit einem Assassinen eingelassen und nur durch Glück überlebt. Es war eine Sache, einen Köder in einem geschützten Umfeld wie dem Palast auszulegen, doch eine ganz andere, ihn mitten in ein Becken mit Raubfischen hineinzuwerfen, die schon mit weit aufgerissenen Mäulern auf ihn warteten.

»Ich kann hier drin ebenso gut sterben wie da draußen.« Shahira trat dicht vor ihn; sie reichte ihm gerade einmal bis zur Brust, doch sie strahlte eine solche Willenskraft aus, dass er versucht war, einen Schritt zurückzutreten. Auf diese Weise hatte sie ihn auch angesehen, als er sie aus dem Karren geholt hatte. Dieser Trotz und diese Stärke.

»Du wirst da draußen auf wesentlich qualvollere Weise sterben als hier drin. Hier hast du eine Chance zu überleben.« Ahmans Worte klangen selbst in seinen eigenen Ohren hohl, und Shahira fiel nicht darauf rein. Sie lächelte.

»Dann begleite mich. Ich will es zu Ende bringen, egal, auf welche Weise.«

Ahman fuhr sich durch die halblangen Haare und schloss die Augen. Vielleicht ... nur vielleicht ...

»Versprich mir, dass du tun wirst, was immer ich sage.«

Janika schrie auf: »Nein, das kannst du nicht zulassen!«

Ahman zwang sich, nicht auf sie zu achten. Shahira tat es ebenfalls nicht. »Das werde ich«, sagte sie fest und lächelte. Ahman atmete tief ein. Er würde diesen Entschluss noch bitter bereuen, dessen war er sich sicher.

Shahira hielt sich am Sattel des Kamels fest und glich die schwankenden Bewegungen des Tieres unter sich mit ihren eigenen aus. Sie spürte Ahmans Blicke in ihrem Rücken und war sich wohl bewusst, dass er jede ihrer Bewegungen mit Argusaugen beobachtete. Sie hatten sich darauf geeinigt, dass nur sie beide gehen würden. Eine große Armee oder auch nur wenige Fußsoldaten hätten zu viel Aufmerksamkeit erregt. Sie hatten lange darüber gesprochen, aber schließlich entschieden, sich nur zu zweit durchzuschlagen.

Obwohl sich Shahira des Risikos bewusst war, das sie einging, war sie doch froh, dass Ahman sie gewähren ließ. Die letzten Tage im Palast hatten sie zermürbt – auch wenn Janika ihr versprochen hatte, ihr den Aufenthalt mit all seinen Annehmlichkeiten zu versüßen, hatte Shahira doch bald das Gefühl, eingesperrt zu sein. Die Wüste fehlte ihr. Ihre Freiheit fehlte ihr. Und das Warten zerrte an ihren Nerven.

Das Schlimmste aber war die Sehnsucht. Nach wenigen Tagen war sie bereit, alles zu tun, nur um Kian noch ein letztes Mal wiederzusehen. Nur eine winzige Chance. Und diese Chance kam ausgerechnet in Form eines Pergaments.

Es war dumm und kindisch, und sie setzte damit ihr Leben aufs Spiel, aber Shahira konnte nicht anders. Sie musste hinaus und der Spur folgen.

Die Sonne brannte auf sie herab, aber Shahira spürte es kaum. Vor sich sah sie nur die Weite der nahen Wüste und spürte die Schritte des Kamels unter sich. Der Wind begrüßte sie wie einen alten Freund, und so nahm sie ihn auf. Er fuhr unter ihre Kleider und streichelte ihr Gesicht. Sie lächelte und ließ sich von den gemächlichen Wiegebewegungen des Kamels einlullen.

»Schlaf nicht ein, Shahira«, brummte Ahman laut genug, dass sie ihn trotz Wind und Entfernung zwischen den Kamelen hören konnte.

»Dann sag mir, wonach ich Ausschau halten soll.«

Ahman hatte nicht zugelassen, dass Shahira das zerstörte Dorf sah. Nicht, weil er dachte, dass sie den Anblick nicht ertragen würde, sondern weil er wusste, wie ihre Eltern umgekommen waren. Er wollte nicht, dass sie durch neu aufgewühlten Schmerz abgelenkt wurde. So konnte sie aber auch nichts zu den Spuren sagen, die seine Soldaten gefunden hatten.

»Halt einfach die Augen offen«, erwiderte er. »Höhlen, Felsspalten, Wadis.«

Shahira zog den Kopf zwischen die Schultern und machte es sich im Sattel bequem. Ihr Blick glitt immer wieder über mögliche Verstecke, doch die, die sie fand, waren zu offensichtlich. Sie erinnerte sich daran, wie gut Kian sich mit ihr versteckt hatte. Er würde nicht in einer weithin sichtbaren Felsspalte Zuflucht suchen.

Die Stunden zogen sich hin, und Shahira war sich sicher, kurz eingenickt zu sein, als sie plötzlich aufschreckte. Irgendetwas hatte sich in ihr Bewusstsein geschlichen, doch sie konnte nicht genau sagen, was es war. Nur, dass es nicht in die Umgebung passte und deshalb auffiel.

Shahira blinzelte und rieb sich über die Augen, als sie es diesmal wirklich sah – etwas glitzerte. Ein rubinroter Lichtstrahl blendete sie und tanzte auf dem Leder des Sattels. Suchend hob sie den Kopf, um herauszufinden, wo die Quelle des Lichtstrahls saß, als sie auch schon fündig wurde. An einem Felsvorsprung hing eine Halskette. Sie bestand aus Goldgliedern, die einen roten Rubin in Form eines Halbmonds hielten. Shahira zügelte das Kamel und brachte es dazu, sich hinzuknien.

»Was ist das?«, rief Ahman, der zu ihr aufholte. Shahira sprang aus dem Sattel und nahm das Schmuckstück vom Fels; sie hielt es in die Höhe. Bevor sie etwas sagen konnte, hatte Ahman das Schmuckstück auch schon entdeckt. Er sah aus, als hätte er einen Geist gesehen. »Janika«, war alles, was er hervorbrachte, bevor er die Zügel seines Kamels herumriss und es wie von Sinnen antrieb.

Shahira, die nicht gleich verstand, was er meinte, stand noch immer verdutzt da und hielt die Kette in der Hand, als Ahmans Kamel bereits wieder in Richtung Isfahan rannte.

Shahira versuchte ihr Kamel zu mehr Eile anzutreiben, doch das Tier war so stur, dass kein Rufen, kein Tritt in die Seite und kein Schlag mit dem Stock etwas half. Gemächlich schritt das Kamel den Weg entlang und hatte sich während der letzten Stunde kaum der Stadt des Kalifen genähert. Shahira wollte vor Frustration aufschreien.

Nachdem Ahman einfach losgeprescht war und sie alleingelassen hatte, fühlte sie sich schutzlos. Sie hatte nicht geahnt, wie sehr sie sich auf seine Begleitung und seinen Schutz verließ, bis ihr beides plötzlich fehlte. Der Wurfdolch, der in ihrem Gürtel steckte, war kaum eine Hilfe. Es würde einen Banditen höchstens zum Lachen reizen.

Der Wind wurde stärker und blies unangenehm in ihr ungeschütztes Gesicht. Er trug Sandkörner mit sich, die über Shahiras Haut rieben und ihre Augen reizten. Sie schob sich den Schal vor das Gesicht und sah sich nach einem Unterschlupf um. Wenn sie Pech hatte, waren das die Vorboten eines Sandsturms, und sie musste sich und das Kamel in Sicherheit bringen, wenn sie nicht von den Ausläufern des Sturms verschüttet werden wollte. Diesmal hatte sie Glück – sie ritt geradewegs auf eine der größeren Felsspalten zu, eine, die sie für zu offensichtlich für Kian gehalten hatte. Ihr war es egal, wie offensichtlich diese natürliche Öffnung im Gestein war, solange sie nur Zuflucht darin finden konnte.

Shahira trieb das Kamel in diese Richtung, doch es nutzte nichts. Das Tier hatte entweder Angst vor der Felsspalte, oder es roch den Sturm und war deswegen plötzlich stocksteif geworden. Es gelang Shahira nicht, es auch nur einen Schritt weiterzutreiben.

Shahira schrie wütend auf und wollte aus dem Sattel springen, als eine Gestalt neben ihr auftauchte und das Kamel bei den Zügeln packte. Shahira glaubte ihren Augen nicht zu trauen, als sie Kian erkannte, der ihr Kamel in die Felsspalte führte und dort dazu brachte niederzuknien. Das Tier benahm sich, als hätte es nie etwas anderes vorgehabt und lag nun friedlich wiederkäuend vor der Felsspalte. Shahira jedoch konnte ihre Augen nicht von dem Mann abwenden, der dem Kamel auf den sandigen Hals klopfte und es zwischen den Ohren kraulte. Er beachtete Shahira nicht weiter, und sie wusste nicht, was sie tun sollte. Tausend Fragen drängten in ihr hoch, alle gleichzeitig, und verstopften ihre Kehle. Sie wusste, es würden nur unzusammenhängende Wortfetzen dabei herauskommen, wenn sie jetzt versuchte, etwas zu sagen.

Kian kam zu ihr und bot ihr seine Hand, um aus dem Sattel zu steigen. Reflexartig ergriff sie seine Hand und stieg ab, ließ sie jedoch gleich wieder los, als sie stand. »Komm mit, du solltest nicht hier im Sandsturm ausharren«, sagte er sanft.

Noch immer völlig schockiert von seiner Anwesenheit schwieg sie und folgte ihm in das Innere der Spalte, die sich, nachdem sie den Eingang passiert hatten, zu einer schmalen Höhle erweiterte.

Kian hatte einige mit Öl gefüllte Lampen aufgestellt, die flackerndes Licht spendeten, und sie sah ein Lager, ähnlich wie das, das sie gemeinsam genutzt hatten. Der Anblick der Decken und des großen runden Kissens zerbrach etwas in Shahira. Zum ersten Mal sah sie Kian direkt an, und mit der Kraft einer Tigerin stieß sie ihn rücklings gegen die Wand. »Du verfluchter Schakal, du Mistkerl!«, schrie sie ihn an und schlug bei jedem Wort mit den Fäusten auf seine Brust ein. »Wie konntest du mich verraten? Wie konntest du mich im Stich lassen, nachdem ich dir vertraut habe?! Ich hatte Angst, ich würde sterben! Und was hast du mit Janika gemacht? Du Hund!«

Er ließ ihre Schläge stumm über sich ergehen und tat nichts, um sie aufzuhalten. Seine Ruhe brachte Shahira nur mehr in Rage, und sie schrie ihn weiter an, während ihr Tränen über das Gesicht liefen.

Erst als sie keine Kraft mehr hatte, ließ sie von ihm ab und sank erschöpft zu Boden. Sie hatte ihre Wut und Enttäuschung hinausgeschrien und damit all ihre Kraftreserven verbraucht.

Kian hockte sich zu ihr und umfasste ihre Handgelenke. Shahira wollte sich ihm entziehen, aber selbst dazu fehlte ihr die Kraft. Sie hatte sich selbst gesagt, dass sie alles dafür geben würde, ihn noch einmal wiederzusehen, aber sie hatte nicht damit gerechnet, dass diese Begegnung ihr solchen Schmerz bereiten würde.

»Ich weiß nicht, was ich sagen kann, um dich zu trösten«, sagte Kian betreten. »Du bist enttäuscht von mir und ich kann es dir nicht verdenken. Aber du musst mir glauben, dass ich alles nur getan habe, um dich zu schützen.«

Er schwieg und suchte nach Worten, ohne ihre Handgelenke loszulassen. »Jetzt brauche ich deine Hilfe.«

»Warum sollte ich dir helfen?!«

»Es geht um Ahman und Janika – sie sind in Gefahr.«

Shahira funkelte ihn kalt an. »Natürlich, die Botschaft war wohl überdeutlich. Deswegen ist Ahman doch in den Palast zurückgeritten. Ihr wollt den Kalifen töten und das Land ins Chaos stürzen!«

Kian drückte ihre Handgelenke und schüttelte den Kopf. »Der Alte und Karad sind nicht hinter dem Kalifen her – sie wollen Ahman töten. Er ist in ihren Augen der größte Feind, nicht der Kalif.«

»Warum sollte ich dir glauben?«

Er ließ den Kopf hängen. »Ich weiß, dass du keinen Grund dazu hast. Aber ich habe damit nichts zu tun. Als ich von dem Plan der beiden erfuhr, habe ich mit der Bruderschaft gebrochen. Ich will kein Mörder mehr sein; ich hätte das bereits wissen müssen, als ich dich wiedergesehen habe. Aber mir fehlte die Kraft. Das ist jetzt vorbei. Ich will dir helfen, Janika zu befreien und Ahman vor dem sicheren Tod bewahren.«

Shahira sah ihn prüfend an, doch in Kians Blick lag nur Schuld, keine Arglist. Sie entzog ihm ihre Hände und sah in den Sturm hinaus, der nun an Kraft zugenommen hatte und Sandböen durch die Luft peitschte. Das Kamel hatte instinktiv den Kopf in die vom Wind abgewandte Seite gedreht und wartete in aller Ruhe auf das Ende des Sturms.

»Was sollen wir tun?«

Kian lächelte erleichtert. »Karad und der Alte sind noch immer im Palast Sie erwarten Ahman dort.«

»Das ist Wahnsinn! Es gibt hunderte Wachen und Soldaten im Palast des Kalifen. Ahman braucht nur mit den Fingern zu schnippen und dann wird ...«

»Er wird gar nicht dazu kommen«, sagte Kian bedrückt. »Niemand vermutet, dass die Assassinen so dreist sind, sich im Palast selbst zu verstecken. Und durch Janika haben sie ihn in der Hand. Sie haben ihn sorgfältig beobachtet und wissen genau, wie sehr sie den Kommandanten treffen können, wenn sie Janika als Druckmittel einsetzen.«

Shahira presste die Lippen aufeinander und rieb sich über das Gesicht. »Wir kommen hier nicht weg, und selbst wenn, werden wir den Palast niemals rechtzeitig erreichen«, sagte sie müde und deutete zum Ausgang der Felsspalte, wo der Sandsturm tobte. »Es kann Stunden dauern, bis der Sturm genug abgeflaut ist, um nach Isfahan zurück zu reiten.«

Kian lächelte nur.

Ahman ritt in den Hof des Palastes und sprang aus dem Sattel des Kamels, noch bevor dieses zum Stehen kam. Zwei Soldaten kamen ihm entgegen, einer nahm die Zügel des Kamels, der andere verneigte sich leicht. »Ihr seid früh zurück, Herr.«

»Ein Notfall – ruft alle verfügbaren Wachen zusammen, bis auf diejenigen, die vor der Schlafkammer des Kalifen positioniert sind«, bellte er befehlsgewohnt. »Der Rest durchkämmt diesen Palast. Die Assassinen haben einen Weg hinein gefunden.«

Kalter Stahl legte sich auf Ahmans Kehle, und er gefror mitten in der Bewegung. Natürlich ... wie hatte er so dumm sein können?

Der Soldat, der ihn begrüßt hatte, grinste breit und nickte seinem Kumpan, der hinter Ahman stand und ihm den Dolch an den Hals hielt, zu. »Das wissen wir bereits«, sagte er und zog sich in einer höhnischen Geste den Waffengürtel zurecht. Erst jetzt bemerkte Ahman die dunklen Flecken auf dem Kinn des Mannes – sein dichter Bart war gefärbt. Es war nicht schwer zu erraten, wen er vor sich hatte. »Wir bedanken uns aber, dass du unserer Einladung so prompt gefolgt bist«, fuhr der falsche Soldat fort. »Eigentlich hatten wir nicht vor morgen früh mit deiner Ankunft gerechnet. Aber das macht unsere Aufgabe umso einfacher. Wenn du mir bitte folgen würdest?«

Ahman machte Anstalten, sich zu wehren, aber augenblicklich drang die Klinge tiefer in seine Haut und machte deutlich, welche Konsequenzen ihn erwarteten, falls er sich widersetzen sollte.

»Erst will ich wissen, wo Janika ist.«

Der Alte lächelte schmal. »Der schönen Frau des Kalifen geht es gut. Wenn du meiner Aufforderung endlich nachkommen willst, so wirst du sie gleich wiedersehen.«

Ahman rang mit sich – dann machte er einen Schritt und folgte dem Alten, der nun lächelnd vorausging. Der Dolch verschwand von Ahmans Hals, aber er spürte die Präsenz des anderen Mannes in seinem Rücken. Für einen zufälligen Beobachter mochte es wie eine einfache Eskorte aussehen.

In Ahman kochte das Blut; einmal mehr war der Alte zum Greifen nah, und doch konnte Ahman nichts tun, um ihn endlich dingfest zu machen. Schlimmer noch, diese Mistkerle hatten herausgefunden, was sein wunder Punkt war. Er war zu arrogant gewesen und hatte sich in den Mauern des Palastes zu sicher gefühlt. Sie hatten das ausgenutzt, ihn ausspioniert und dann zugeschlagen, als er unvorbereitet und eine leichte Beute gewesen war.

Jetzt konnte er nur hoffen, dass sie einen Fehler machten und er Janika und sich selbst aus dieser Situation befreien konnte.

Sie liefen unbehelligt durch die Flure des Palastes. Keiner würdigte sie eines zweiten Blickes, sobald sie den Kommandanten gegrüßt hatten. Es bot sich keine Gelegenheit, auf seine missliche Lage aufmerksam zu machen.

Zu Ahmans Überraschung brachten die beiden Männer ihn zu den Privatgemächern des Kalifen. Hatten sie den Kalifen bereits ermordet?

Er ballte in kalter Wut die Hände zu Fäusten und erschrak, als er die beiden Wachposten vor der verschlossenen Tür des Kalifen leer vorfand. »Ich fürchte, wir haben unsere Posten unrechtmäßig verlassen«, sagte der Alte und stieß die Tür auf.

Im Innern war alles dunkel, nicht einmal das Licht von außen drang herein. Die Assassinen mussten die Fenster verhangen haben, um ungestört arbeiten zu können. Der Alte trat zuerst ein, und der Dolch im Rücken sorgte dafür, dass Ahman ihm folgte. Der letzte Assassine trat hinter ihnen ein und verschloss sorgfältig die Tür. »Janika?«, rief Ahman in das Halbdunkel und erhielt einen schmerzhaften Schlag mit dem Knauf des Dolches in den Nacken.

»Noch ein solcher Versuch, und ich werde ihr einen Finger abschneiden«, sagte der Alte ruhig. Er stand noch immer vor ihm, und langsam gewöhnten sich Ahmans Augen an das Dunkel. Ein schwacher Lichtschimmer drang durch die Schlitzte zwischen Vorhang und Fenster, und Ahman konnte schwache Umrisse im Dunkel ausmachen. Er erkannte die Silhouette des Alten vor sich und sah hinter ihm die Pfosten des Bettes, in dem der Beherrscher der Gläubigen zu nächtigen pflegte.

Auf sein Rufen hatte sich niemand gemeldet, und zum ersten Mal verspürte Ahman nackte Angst. »Du hast gesagt, du bringst mich zu ihr«, knurrte er.

»Ich sagte dir, du würdest sie wiedersehen, wenn du uns begleitest. Und ich habe nicht gelogen, du wirst sie gleich wiedersehen. Hab noch etwas Geduld.«

»Wozu? Wenn ihr mich töten wollt, könnt ihr es auch gleich hier tun.«

Der Alte lachte. »Nein, Ahman ibn Safuhr, ich will dich nicht einfach nur töten. Ich will dich Stück für Stück zerreißen, bis nichts mehr von dir übrig ist.« Direkt vor ihm stellte der Alte sich auf und nickte seinem Komplizen zu. Ein unerwarteter Tritt in die Kniekehlen brachte Ahman zu Fall. Mit einem dumpfen Ächzen prallte er zu Boden, und seine Knie trafen schmerzhaft auf das Steinmosaik. Schmerz schoss heiß und metallisch durch seine Beine, und er biss die Zähne zusammen, um nicht laut aufzuschreien.

Mit einem Funken aus einer Zunderbüchse zündete der Alte den Docht einer Öllampe an, und endlich konnte ihn Ahman deutlich erkennen. Der Alte war nicht so alt, wie sein Name vermuten ließ. Shahira hatte zwar von einem weißen Bart gesprochen, doch jetzt war sein Bart dunkel gefärbt.

Sein Gesicht mochte nicht mehr jung sein, doch er war

noch lange von der Zeit entfernt, in der er gebrechlich und auf andere Menschen angewiesen wäre.

Er sah auf Ahman herab. »Du hast mich jahrelang gejagt, verfolgt und meine Männer getötet. Ich kann nicht mehr zählen, wie viele Mitglieder der Bruderschaft du schon auf dem Gewissen hast und wie sehr du meinem Lebenswerk schon geschadet hast. Aber das wirst du mit deinem guten Ruf bezahlen.«

Ahman verstand so langsam – deswegen lebte er noch, und deshalb war er jetzt im Schlafgemach des Kalifen. »Ihr wollt mir einen Mord anhängen.«

»Nicht nur einen«, lächelte der Alte. »Du wirst den Kalifen getötet haben und auch seine geliebte Frau, mit der er die Nacht verbracht hatte.«

»Niemals!« Ahman wollte aufspringen, aber wieder spürte er den Knauf des Dolches, der in seinen Nacken fuhr. Ächzend sackte er vornüber und merkte nur noch, wie alles um ihn herum schwarz wurde.

Zum Ende

»Liebster, ich bitte dich, wach auf.« Janikas flehende Stimme drang nur undeutlich zu ihm vor. Sie musste sich durch den brüllenden Kopfschmerz kämpfen, der in Ahmans Kopf tobte. Nur langsam verstand er ihre Worte und öffnete mühsam die Augen. Das Licht der Lampen brannte grell in seinen Augen, und er kniff sie wieder zusammen. Er lag auf dem Rücken, den Kopf in ihren Schoß gebettet, und wollte diesen Zustand in diesem Augenblick um nichts auf der Welt ändern.

»Langsam«, flüsterte sie an seinem Ohr, und er spürte ihre weichen Hände auf seinen Wangen. »Lass dir Zeit aufzuwachen.«

»Wo sind sie?«, murmelte er im Gegenzug. Sie beugte sich tiefer zu ihm; er fühlte ihre langen Locken über sein Gesicht und seinen Hals gleiten. »Der Mann mit Bart hockt auf der anderen Seite des Raumes. Sein Komplize sitzt neben dem Kalifen auf dem Bett.«

»Lebt der Kalif noch?«

»Ich weiß es nicht. Seit sie mich hergebracht haben, liegt er schon da und sagt nichts. Ich kann auch nicht erkennen, ob er noch atmet. Aber ich habe keine Wunden oder Blut gesehen.«

»Dann gibt es noch Hoffnung«, murmelte Ahman.

»Sieh an, der Held des Volkes ist erwacht. Wie erfreulich, dann können wir ja beginnen.«

Janika ließ ihn los, und Ahman setzte sich mühsam auf.

Sein Kopf schien regelrecht zu explodieren, und Schmerz brüllte darin wie ein verwundeter Tiger. Er war völlig hilflos – und gleich würde er mitansehen müssen, wie die Liebe seines Lebens ermordet würde.

Shahira schleuderte den Dolch, ohne weiter darüber nachzudenken. Sie hörte noch Kians Schrei hinter sich, doch es war bereits zu spät – sie hatte die Waffe dem Mann entgegengeschleudert, den Kian nur »der Alte« nannte, um ihn davon abzuhalten, Janika den gezückten Dolch ins Herz zu stoßen.

Es war eine instinktive Handlung gewesen, und auch wenn ihre Hand den Dolch noch nicht so geschickt werfen konnte, wie sie es sich gewünscht hätte, reichte es doch, um den Alten an der Schulter zu verletzten. Die Spitze der Klinge schlitzte den Stoff seines Kaftans auf, und Blut sickerte hervor.

Der Alte wirbelte herum und sah Shahira am Fenster stehen. Erschrocken zuckte sie zurück und ließ den Vorhang fallen; dabei wäre sie fast vom Mauervorsprung gefallen und mehrere Meter in die Tiefe gestürzt, wenn Kian sie nicht aufgefangen hätte. »Was hast du getan?«, fragte er.

»Ich konnte nicht zulassen, dass er sie tötet«, versuchte sie sich zu verteidigen. Zu ihrer Überraschung schimpfte er nicht, sondern lächelte sogar. Zu einer Antwort kam er aber nicht, denn der Vorhang wurde zur Seite gerissen, und ein gebogener Dolch durchschnitt die Luft nur wenige Zentimeter von Shahiras Bauch entfernt. Kian fluchte, packte sie um die Taille und zog sie mit sich, außerhalb der Reichweite des Dolches. Der Besitzer beugte sich aus dem Fenster und entdeckte sie auf der äußersten Ecke des Mauervorsprungs. Eine Narbe zog sich vom Kinn des Mannes bis über den Hals.

»Kian!«, zischte er. »Wie hast du Made es geschafft herzukommen?«

»Das Höhlenlabyrinth in den Bergen«, erwiderte Kian und drückte Shahira an sich, damit sie nicht versehentlich stürzte.

Der Mann im Fenster knurrte und beugte sich weiter vor. »Töte sie endlich«, brüllte der Alte von innen, und der Mann mit der Narbe am Hals nickte grimmig, den Dolch zwischen die Zähne geklemmt.

»Verdammt«, fluchte Kian und sah sich hastig um. Shahira tat es ihm gleich und fand einige Risse in der Mauer. Sie deutete mit einem Nicken in diese Richtung, und Kian gab einen zustimmenden Laut von sich, als er erkannte, was sie meinte. »Beeile dich«, murmelte er in ihr Ohr und half ihr, die letzten Zentimeter auf dem Vorsprung zu bewältigen, um näher an die natürlichen Kletterhilfen zu kommen.

Gerade als Shahira sich außer Reichweite des Dolches gebracht hatte, war der Mann aus dem Fenster geklettert und bedrohte Kian mit seiner Waffe. »Verräter«, knurrte er.

»Ich habe niemanden verraten«, erwiderte Kian und zückte seinen eigenen Dolch. Es war ein gefährliches Unterfangen – beide Männer mussten sich mit einer Hand am Fensterrahmen festhalten, wenn sie nicht in die Tiefe stürzen wollten. Dennoch war keiner der Männer gewillt aufzugeben. Grimmig beobachteten sie sich, warteten ab.

Shahira hatte mehrmals innehalten müssen. Immer wieder hatten ihr Kaftan und der Schal sich in den Mauervorsprüngen und Verzierungen an den Außenseiten der Wände verhakt und sie festgehalten. Irgendwann hatte Shahira den Schal einfach von ihrem Kopf gezerrt und weggeworfen. Schließlich hatte sie das Dach erreicht und sah sich um. Es gab keinen anderen Weg hinunter, und sie konnte nur ahnen, dass ihre Freunde in dem Raum unter ihr Hilfe benötigten.

Hastig warf sie einen Blick über den Rand des Daches und sah Kian im Kampf mit dem Mann mit der Narbe, der immer wieder versuchte, ihren Liebhaber mit dem Dolch zu verletzten. Kian konnte seine Schläge abwehren, doch er konnte sich nicht so gut festhalten wie sein Gegner. Mehrmals rutschte er auf den Mauervorsprüngen aus und konnte sich nur mit Mühe vor einem Sturz bewahren, indem er sich an die vorstehenden Reliefs klammerte. Shahira glaubte bei jedem Stolpern, ihr Herz würde aussetzen. Sie wusste nicht, wie sie Kian helfen konnte, bis ihr Blick auf ein weiteres Fenster im Rücken des Mannes mit der Narbe fiel. So leise wie möglich lief sie über das Dach. Über dem Fenster legte sie sich auf den Bauch und schob so vorsichtig wie möglich ihre Beine über den Rand des Daches. Ängstlich sah sie hinab, doch die beiden Männer waren noch immer in ihren Kampf vertieft. Shahira schob sich weiter, bis sie nur noch an ihren Armen vom Dach hing, und suchte mit den Füßen Halt auf dem Mauervorsprung vor dem zweiten Fenster. Shahira bemühte sich, so leise wie möglich zu sein, doch die beiden Männer beachteten sie gar nicht.

Nach einem letzten Kraftakt fanden Shahiras tastende Fußspitzen Halt an dem Vorsprung, und sie ließ sich darauf fallen. Über die Schulter des Assassinen konnte sie Kian sehen – ihre Blicke kreuzten sich, und plötzlich wusste sie genau, wie sie ihm helfen konnte. Sie nickte ihm zu und Kian gab seine Deckung auf, um einen Vorstoß auf seinen Gegner anzudeuten. Überrascht wich der zurück, und Shahira nutzte die Chance, um sich am Fensterrahmen festzuhalten und zuzutreten. Der Mann mit der Narbe fiel genau in ihren Tritt.

Der Mann hatte auf dieser Seite nicht mit einem Gegner gerechnet und ließ vor Schreck den Fensterrahmen los. Es war nur ein leichter zweiter Stoß mit dem Fuß notwendig, und der Mann stürzte mit einem lauten Schrei die Mauer hinab.

Shahira klammerte sich am Fensterrahmen fest, doch der Schrei blieb nicht ungehört. Die Vorhänge vor beiden Fenstern wurden vollends zur Seite gerissen, und Shahira starrte in die kalten Augen des Alten. Er fluchte zwischen zusammengebissenen Zähnen, beugte sich aus dem Fenster und holte aus. Sein Dolch schlitzte die Haut ihres Oberschenkels auf, und Shahira schrie. Blut sickerte aus der Wunde, und der Schmerz schoss durch ihren ganzen Körper.

Der Alte holte zu einem letzten Schlag aus, doch der Dolch bohrte sich nicht in Shahiras Bauch, sondern in Kians Seite. In einem halsbrecherischen Schwung war er von einem Mauervorsprung zum nächsten gesprungen und hatte Shahira in das Innere des Zimmers gestoßen, außer Reichweite des Dolches. Den Schlag hatte er aber nicht mehr abwehren können. Der Dolch steckte in seiner Flanke, und sein Blick verriet, wie stark die Schmerzen sein mussten.

Der Alte lächelte grimmig und holte mit der Faust aus – er traf Kian genau am Kinn, und ohne jedes Wort verschwand der Djinn mit den blauen Augen aus Shahiras Blickfeld.

Er war fort. Einfach fort. Tot.

Sie verharrte wie versteinert auf den Knien und starrte ungläubig auf das leere Fenster, vor dem der Alte stand. Kian war innerhalb nur eines Augenblicks verschwunden und lag mit zerschmetterten Knochen im Hof des Palastes.

Shahira überlegte nicht mehr, sie handelte. In einer fließenden Bewegung nahm sie ihren kleinen Wurfdolch, der am Boden lag, und sprang vor. Sie rammte den Dolch in den Hals des Alten, der überrascht aufschrie und zu ihr herumwirbelte.

Sie hatte ihn nicht schwer verletzt, doch das Blut schoss

aus der Halswunde. In seinen Augen sah sie blanken Hass und Erkennen. »Du bist Kians Hure«, krächzte er, und er schwenkte drohend den Dolch. Shahiras eigenen Dolch zog er aus der Wunde und hielt ihn in der anderen Hand. Vollkommen unbewaffnet sah sie sich dem Assassinen gegenüber, der entschlossen war, sie zu töten. »Ich hätte dir gleich selbst den Garaus machen sollen – wie kann ein verdammtes Weibsbild mir so sehr schaden?«

Er sprang, und Shahira konnte nur mit weit aufgerissenen Augen auf den Dolch blicken, der auf sie zuraste. Plötzlich spritzte Blut, und es waren die Augen des Alten, die sich vor Überraschung weiteten. Shahira glaubte im ersten Moment, dass es ihr Blut wäre, das da spritzte, doch als sie genauer hinsah, erkannte sie einen Wurfdolch wie ihren eigenen aus dem Bauch des Alten ragen. Ahman umklammerte den Griff und schob den Dolch tiefer in den Bauch des Alten. Mit einer geübten Bewegung drehte er die Klinge einmal um.

Der Alte keuchte, und ein Schwall Blut drang aus seinem Mund; es befleckte Ahmans Rücken und seine Haare. Shahira spürte einige der warmen Tropfen auf ihr Gesicht spritzen und blinzelte.

Der Alte öffnete den Mund, als wollte er noch etwas sagen, doch Ahman zog Janikas Wurfdolch mit einem Ruck aus dem Bauch des Assassinen, der vor Shahiras Augen zusammenbrach. Der Anblick des toten Mannes zu ihren Füßen berührte sie seltsamerweise nicht. Sie sah auf Ahman, der ihr beruhigend zunickte und dann in die Knie ging. Janika stieß einen Schrei aus, als sie das sah und lief zu ihm, um ihn zu stützten.

Shahira wandte sich von ihnen ab und wankte zum Fenster. Noch immer war sie wie betäubt, aber etwas sagte ihr, dass sie es sehen musste. Sie musste ihn sehen, um zu verstehen …

»Hilf mir hoch!«

Im ersten Augenblick glaubte sie, sich verhört zu haben. Kian war tot! Doch als sie ihn wieder hörte, sah sie hinunter: Kians Finger klammerten sich verzweifelt am Mauervorsprung fest, und sie sah sein angestrengtes Gesicht. Er blutete immer noch und war blass. »Ahman!«, schrie sie und beugte sich so tief es ging aus dem Fenster, um Kians Handgelenke zu greifen. Sowohl seine als auch ihre Arme und Hände waren blutverschmiert, und doch hielt sie ihn, so gut es ging. Doch es fehlte ihr an Kraft. Eine Ewigkeit schien zu verstreichen, ehe Ahmans große Hände zupackten, und gemeinsam konnten sie den schwer verletzten Kian in das Innere des Zimmers ziehen.

Shahira zog ihn an sich, und er ächzte. »Du lebst«, flüsterte sie, und endlich fiel alles von ihr ab. Erleichtert schluchzte sie auf. »Du lebst!«

»Im Gegensatz zum Beherrscher der Gläubigen«, sagte Janika. Sie saß auf dem Bett und hatte die Goldmaske gelöst. Der Mann unter der Maske hatte die Augen geschlossen, und seine Lippen waren blau. Er war ohne Zweifel tot.

»Ich bin noch immer nicht sicher, ob das die beste Idee ist«, murmelte Ahman, und Shahira musste bei seinem Anblick lächeln. Er trug die Goldmaske nicht zum ersten Mal, immerhin hatten sie es oft genug geübt. Aber er wirkte noch immer, als fühlte er sich in höchstem Maße unwohl.

»Es ist die einzige Lösung, die uns allen hilft«, erinnerte Janika ihn und rückte die Maske zurecht. Sie hatte ihm immer wieder gesagt, wie er sich bewegen oder reden musste. Sie hatte zweifelsohne recht damit, dass es einfacher war, einen neuen Kalifen einzusetzen, als den Tod des Alten zu erklären.

Sinan hatte sich niemals um einen Erben bemüht, und es gab mehrere Verwandte, die den Thron für sich beanspruchen würden. Ein Streit unter den adligen Familien würde ausbrechen, und das ohnehin vernachlässigte und ausgebeutete Land würde unter der Last des Erbfolgestreits zerbrechen.

Shahira musterte Ahman – von der Statur her war er dem verstorbenen Sinan ähnlich genug, dass die Täuschung funktionieren konnte, und sie konnte sich keinen Mann denken, dem das Wohl des Landes mehr am Herzen lag. Persien würde es von nun an nicht mehr schlechter gehen, nur besser.

Sie seufzte und trat zu Janika und ihrem Liebsten. Auch wenn die schöne Frau des Kalifen ihren Gatten verloren hatte, spürte sie keine Trauer. Im Gegenteil, ihr Herz hatte sich schon lange für einen anderen entschieden, an dessen Seite sie nun endlich offiziell leben konnte. Ihr Lächeln sprach daher Bände, als sie Shahira umarmte. »Und ihr wollt wirklich gehen?«, fragte sie zum wiederholten Mal.

Shahira sah über die Schulter in den Hof, in dem Kian neben zwei bepackten Kamelen stand und auf sie wartete. »Ich gehöre in keinen Palast und Kian …« Sie stockte und suchte nach Worten. »Er sagt, er hat viel Schuld auf sich geladen, die er wiedergutmachen will. Es wird einige Zeit dauern, aber egal, was er tun wird, ich bleibe an seiner Seite.«

Janika nickte und umarmte Shahira noch einmal. »Du weißt aber, dass du zurückkehren kannst, wenn dir das Reisen zu viel wird.« Sie lächelte. »Verschwinde nicht ganz aus meinem Leben, liebe Freundin.«

Shahira erwiderte das Lächeln und nickte. Sie wandte sich Ahman zu, der mit der Maske wie ein Fremder auf sie wirkte, auch wenn sie ihn inzwischen gut kennengelernt hatte. Sie trat auf ihn zu. »Wirst du dein Versprechen halten?«, fragte sie ihn ein letztes Mal.

Die Goldmaske glitzerte im Licht der aufgehenden Sonne, als er den Kopf neigte. »Dein Kian hat nichts zu befürchten. Auch wenn ich die Jagd auf die Bruderschaft längst nicht aufgegeben habe.«

Diese Antwort reichte Shahira. »Dann werde ich mich auf das Wort des Kalifen verlassen.«

Ahman zuckte merklich zusammen, und Shahira lachte leise. »Daran solltest du dich gewöhnen, sonst fliegt deine Tarnung bald auf.«

Ahman gab ein tiefes Brummen von sich, das durch den Widerhall der Maske verstärkt wurde. Janika grinste breit, und auch Shahira konnte sich ein Schmunzeln nicht verkneifen. Sie nickte dem Paar zu und wandte sich ab.

Kian zog sie an sich, ehe sie auf das Kamel stieg. »Bist du dir sicher, dass du mit mir kommen willst?«, fragte er sie ein weiteres Mal, und in seiner Stimme schwang die Angst vor einer Ablehnung mit. Doch Shahira nickte, wie die Male zuvor. »Ich will endlich bei dir bleiben. Egal, wo dein Weg dich hinführt. Ich liebe dich.«

Diese Worte hatte sie ihm noch nie gesagt, und er sah sie erstaunt an. Shahira lachte. »Liebst du mich nicht?«

Da zog er sie so fest an sich, dass sie für einen Moment keine Luft mehr bekam. »Mehr als mein Leben, Shahira«, sagte er an ihrem Ohr, und dann lachte er. »Mehr als mein Leben.«